나는 너다

문학과지성사에서 펴낸 황지우의 시집

새들도 세상을 뜨는구나(1983, 개정판 1993)
게 눈 속의 연꽃(1990, 개정판 1994)
어느 날 나는 흐린 주점에 앉아 있을 거다(1998)

문학과지성 시인선 R 06

나는 너다

초판 1쇄 발행 2015년 1월 16일
초판 6쇄 발행 2023년 7월 17일

지 은 이 황지우
펴 낸 이 이광호
펴 낸 곳 ㈜문학과지성사

등록번호 제1993-000098호
주 소 04034 서울 마포구 잔다리로7길 18(서교동 377-20)
전 화 02)338-7224
팩 스 02)323-4180(편집) 02)338-7221(영업)
전자우편 moonji@moonji.com
홈페이지 www.moonji.com

ISBN 978-89-320-2685-5 03810

이 도서의 국립중앙도서관 출판예정도서목록(CIP)은 서지정보유통지원시스템 홈페이지
(http://seoji.nl.go.kr)와 국가자료공동목록시스템(http://www.nl.go.kr/kolisnet)에서
이용하실 수 있습니다. (CIP제어번호: CIP2015000816)

문학과지성 시인선 R 06

나는 너다

황지우

2015

없는 길

서울 美文化院 점거 농성 사건으로 세상이 시끌벅적했던 작년 늦봄, 김지하를 만났을 때 그는 나에게 '華嚴'과 '다스 카피탈'을 포괄하는 大世界觀을 말했다. 이 테제, 혹은 공안 이 나에게는 불가능하다고 생각했다. 禪師들은 劍客을 닮았 다. 내 골통을 牛으로 가르는 가장 빠른 생각은 메모다. 메 모랜덤 : 기억을 위한 符籍!

세번째 詩集을 묶는다.

두번째 시집을 묶을 때 함께 넣을까 말까 망설였던, 메모 같은 시들이다. 그 가운데 일부를 올여름까지 드문드문 발 표했었고, 몇 편은 새로 쓰기도 했다. 이미 써놓았던 것들 을 나중에 볼 때 치밀어오는 부끄러움이 加筆을 하게 한 곳 도 몇 군데 있다. 제목을 대신하는 數字는 서로 변별되면서 이어지는 내 마음의 불규칙적인, 자연스러운 흐름 이외에 아무것도 아니다. 사람들이 말하고 기록하는 모든 형식들에 관심이 몰려 있던 그 당시 나로서는 電文을 치듯, 火急하게 아무거나 詩로 퍼 담으려는 탐욕에 급급했던 것 같다. 지금 보니, 냉랭하다. 活活 타오르는 시를 언제쯤 쓸 수 있을까?

詩들을 정리할 때마다 두렵다. 마음이 체한다. 이제 어디로 빠져나갈까? 없는 길을 찾아 나가기가 이렇게 버거울까?

1986년 겨울
황지우

나는 너다

차례

일러두기

1. 이 책은 『나는 너다』(풀빛, 1987)의 복간본이다.
2. 수록된 시의 경우, 현행 국립국어원 〈표준국어대사전〉의 맞춤법과 띄어쓰기 용례를 따랐고, 초판 발행 당시의 오기는 저자의 확인을 거쳐 바로잡았다.
3. 입말, 사투리, 한자, 외래어 등의 표기와 검열로 인해 의도된 탈자는 작품 발표 당시의 분위기를 고려하여 대부분 그대로 옮겼다.
   (예외: 마네킹←마네킨, 보도블록←보도 블럭, 네온사인←네온 싸인, 콤플렉스←컴플렉스)

나를 길러주신 나의 長兄 宇晟 스님께,
세상의 負債를 지고 지금도 땅 밑을 기는 나의 아우 광우에게,
그러므로 이 세상의 모든 형제들에게 바칩니다.

503.

새벽은 밤을 꼬박 지샌 자에게만 온다.

낙타야,

모래 박힌 눈으로

동트는 地平線을 보아라.

바람에 떠밀려 새날이 온다.

일어나 또 가자.

사막은 뱃속에서 또 꾸르륵거리는구나.

지금 나에게는 칼도 經도 없다.

經이 길을 가르쳐주진 않는다.

길은,

가면 뒤에 있다.

단 한 걸음도 생략할 수 없는 걸음으로

그러나 너와 나는 九萬里 靑天으로 걸어가고 있다.

나는 너니까.

우리는 自己야.

우리 마음의 地圖 속의 별자리가 여기까지

오게 한 거야.

187.

대가리 꼿꼿이 세우고 찌르르르르르르르르르르르르르
방울 소리를 내는 방울뱀. 자연의 경보장치, 르르르
나는 너의 領域을 밟았다.

사람을 만날 때마다
나는 다친다.
풀이여.

126.

나는 사막을 건너왔다, 누란이여.

아, 모래바람이 데리고 간 그 옛날의 강이여.

얼굴을 가린 여인들이 강가에서 울부짖는구나.

독수리 밥이 되기 위해 끌려가는 지아비, 지새끼들.

무엇을 지켰고, 이제 무엇이 남았는지.

흙으로 빚은 성곽, 다시 흙이 되어

내 손바닥에 서까래 한 줌.

잃어버린 나라, 누란을 지나

나는 사막을 건너간다.

나는 이미 보아버렸으므로.

낙타야, 어서 가자.

바람이, 비단 같다, 길을 모두 지워놨구나.

126-1.

물 냄새를 맡은 낙타, 울음,

내가 더 목마르다.

이 괴로움 식혀다오. 네 코에 닿는

水平線을 나는 볼 수가 없다.

126-2.

시리아 사막에 떨어지는, 식은 석양.
낙타가 긴 목을 늘어뜨려
붉은 天桃를 따 먹는다.
비단길이여,
욕망이 길을 만들어놓았구나.
끝없어라, 끝없어라
나로부터 갈래갈래 뻗어갔다가
내 등 뒤에 어느새 와 있는 이 길은.

130.

사식집이 즐비한 을지로 3가, 네거리에서
나는 사막을 체험한다.
여러 갈래길, 어디로 갈 테냐,
을지로를 다 가면
어느 날 尹常源路가 나타나리라.
사랑하는 이여,
이 길은 隊商이 가던 비단길이 아니다.
살아서, 여럿이, 가자.

130-1.

너무 가지 말자.

너무 가면 없다!

너는 자꾸 마음만 너무 간다.

92.

聖母와 聖子와 목수,
하루 연탄 두 장과 쌀 여섯 홉을 배급받는 이 聖家族,
이 核家族을 보호하고 있는
서울의 순 진짜 참 복음교회.
아들아 다시 사막으로 가자.
샛강 너머로 가자.
모래내, 沙川을 넘어 구로동으로 가자.
최소한, 잉여인간은 되지 말자.

93.

전갈은 독이 오를 때
가장 아름다운 색깔을 띤다.
온몸에 번진 敵意여.
너를 목 조르려고 올라타서 내려다보면
너는 나였다.
너와 內通하고 싶다.
투구 속의 너의 靈肉.
모래바람에 의해 汝矣島가 한없이 이동한다.

86.

시인 정호승과 시인 최승자와 여의도에서
새벽 4시까지 술 마시다.
우리는 夜光蟲인가, 異敎徒인가.
광장을 걸어 나오는데 ×표로 야광 페인트를 한
청소부가 한평생의 바다를 쓸고 있었다.
×, 너 나빠, 너 틀렸어, 정호승의, 서울의,
예수가 내게 다가와 빗자루 주고 간다.
이걸루 어디를 쓸란 말입니까.
엑스, 엑스.
발밑의 무지개.

87.

너는 나를 벼랑에서 떨어뜨리는구나.
내 목숨의 칡넝쿨을 갉는 쥐새끼!
바람에서 네 口臭 난다.

88.

나의 一生 33년간의 통금.

통금 해제.

받아라, 체제가 주는 선물이다.

04시 귀가.

골목 입구 전봇대 아래서 한 번 게우고,

보안등이 희미하게 밝히는

대문이 있는

긴 내장을 기어들어간다.

내 집으로 들어가는 항문,

여보! 여보, 여보! 나야, 나.

동무들과 술 좀 했지.

모래내를 건너려면

술을 마시지 않으면 안 됐어.

입을 꼭 다물고 있는 나팔꽃.

나의 창녀 金마리아.

나는 너의 문 앞에 있다.

고개 숙이고

107.

새털구름 밑으로 수레바퀴 자국을 남기고
高空으로 올라간 나의 長兄은
지금 輪回를 빠져나가고 있다.
아우는 무단가출하고 없다.
우리 집은 빈집이다.
가랭이가 찢어지려 하는 이 자리가
바로 내 자리다.
아버지 忌日이 가끔 우리를 불러 모을 따름
無影塔 속에서 올라오는 촛불.
不在가 우리를 있게 했다.

40.

미끼로 쓰는 작은 새.

끈끈이 액을 바른 막대에 붙어 파득거린다.

털이 다 빠진 너와 나의 因緣이여.

40-1.

이곳을 먼저 다녀간 누군가가
흰 석회 벽에 손톱으로 써놓았다.
날개, 날개가 있다면.

40-2.

칼이 없으면
날개라도 있어야 해.

이건 네가 깨질 때면
맨날 하는 소리였지.

촛불이 타고 있는 동안
촛불의 靈魂은 타고 있다.

네가 너의 날개를 달면
나에게 날아오렴.

바람이 세운 石柱 위 둥지에
지지지 타들어가는 내 靈魂이 孵化하고 있어.

칼만 있으면
질질 흐르는 이 石柱 밑동을 쳐버릴텐데.

4.

번데기야, 번데기야
죽을 육신 속에서 얼마나 괴로웠느냐.

518.

無等山은 左翼, 右翼, 거대한 兩翼을 짝 벌리고
희망의 도시를 안고 날아오르는
죽음을 이긴 새, 불사조
地平線에 깃을 대고 파득파득 몸부림치고 있다.
白頭山까지 가소서.
피 묻은 兩翼이여

98.

태풍 제프, 나사 같은 바람의 慰靈塔이여
인간이 돌로 일으킨 碑 하나가
무엇을 위로할 수 있겠느냐.

99.

인공위성이 보여준 東北아시아 새털구름 사진,
꽃구슬 속에 도는 새털구름, 같은 나라여
관악산 新林이 일제히 중국 연변정 쪽으로 엎드려 운다.
내 關節에서 문짝이 심하게 흔들릴 때
벌과 나비, 숲새 들은 모두 어디로 잠적했을까.
來世로 가는 바람.

46.

영덕으로 가는 길목에서 짧게 엽서를 띄우오.

가슴이 콩콩 뛰고 퇴계로를 가다가도 혼자

엉엉 울어버리던 슬픔이 나를 여기까지 오게 했소.

세상에서 제일 가련한 나라, 이 나라 슬픔을 횡단하여 오늘,

나, 무너지는 東海 앞에 섰소. 폭우의 예감을 잔득 진 바다

위로 내리는 잿빛 빛의 雨傘, 소형선박들이

급히 돌아오고 이곳에도 젖은 삶이 있다는 것을,

고된 그날그날과 아파하는 우리나라 사람이 있다는 것을,

포구에 까옥거리는 육식의 굶은 갈매기 떼가 아우성치고 있

소. 동해, 동해, 내 진흙 같은 절망을

난타하는. 성난 닭의 깃털을 단 파도가

돌아가라, 빨리 돌아가라 하오. 내일 보경사 들렀다

상경하겠소. 경주는 안 가오.

70.

쓰시마 해협을 통과하는 핵잠.

물에 '기쓰(きず)' 난다.

81.

누가 뗏목 위에서 런닝샤츠로 手旗를 흔든다.
뗏목이 불탄 사람들로 되어 있다.

100.

형제여
받아다오
이 가책받은 자의 기나긴 망명을
歸鄕을

102.

지친 한밤의 100원짜리 삼립빵,

가난한 목수 아들의 살에서 뜯은 빵이여

잔업이 잔업을 낳고

靈魂에 찰싹 달라붙어 안 떨어지는, 利潤이라는 이름의 거

머리.

이 피는 포도주가 아니다.

사제 목에 걸린 철십자가에 못 박힌 노동자.

나의 安樂이 너를 못 박았다.

이 짐승들아,

가슴을 친다고 그게 뽑혀지느냐.

212.

미순아, 미안하다.

강의하러 양산리 한신대까지 가면서도

네가 일하고 있는 동일방직을 스치기만 하였다.

지난달 네 몸이 아프다고 하여 작은아버지가 완도에서 올라

오셨다는 말을 듣고도 가보지 못했다.

배운 놈들 인정머리 없어서가 아니라

니가 노동자라는 사실에

이 못난 오빠는 가슴이 얼렸던 거다.

쉬는 날이면 집에 와서 몸도 녹이고 김치랑 밑반찬이라도

좀 챙겨 가도록 해라.

어쨌든 몸 성하게 조심하고 연락 좀 해라.

(나는 편지를 찢어버렸다.)

(나는 안양으로 갔다.)

508.

　어머니는 우리들 앞에서, 종종, 느그 아부지는, 하고 말을 잇지 못할 때가 있다.

　그 '느그 아부지'라는 말에는 너무나 괜찮은 세월이 들어 있다.

233.

어머니이, 이제 그 石棺에서 그만 나오세요오.

(어머니는 손수 高麗葬을 원하셨다.)

남부끄럽게 그게 뭐예요오.

(어머니가 혼자 사시는 건 당신의 자존심이었다.)

아니다. 여기는 내 자리다.

(어머니는 아우를 기다리고 계셨다.)

그놈 돌아올 때까진 내가 여길 지킬 테니, 돌아들 가거라.

(어머니는 안에서 문을 닫아버렸다.)

(신림동은 진창이다.)

160.

고등학교 졸업하고 서울 왔지.

물론!

공부하러 왔어.

이제 한 십오 년?

비슷한 그 시절 무일푼으로 함평서 몸뚱아리만 올라온

신림동 밤골 순대집 장 씨가

나에게 이렇게 묻드라고.

"그래 집은 기반 좀 잡았읍디여?"

基盤?

이겠지.

나는 막 웃었어.

"뭐, 기반이라우?"

나는 안장에서 내려 걸어서 집으로 갔지.

소주잔에 낀 얼음 같은 세월.

經 몇 권 읽었다고 공부했다고 할 순 없지.

장 씨의 기반은 나무 바닥 밑으로 밤골 검은 또랑이

흐르는 순대집이 불린 연립주택 한 채야.

브랜드가 박힌 낙타 한 필에 얹혀서 걸어온 나의 길,
내 대그빡에 듬성듬성
버즘 핀 사막.
세상은 내 보폭에 자꾸 태클을 걸고
푹푹 빠지는 나의 기반, 나의 모래내.

37.

羊水膜에 가득 찬 막막한 海洋.

태아가 일억 년 전, 잃어버린 대륙을 찾아

헤맨다. 아부지, 아부지

내가 들어갈 나라가 어디 있습니까?

그르렁거리는 水深으로부터

부르르르 털을 털며 일어나

동물은 胎動 소리를 들으러

우거진 下流로 내려간다.

배를 움켜잡고 적십자 병원을 찾아가는 젊은 임산부.

너는 태어나 영세민이 되는구나.

109.

여보, 지금 노량진 水産市場에 가서
죽어가는 게의 꿈벅거리는 눈을 보고 올래?

109-1.

프리즘 속 무지개를 포획하러
아이는 果川 淸溪山으로 달려간다.
빨, 朱, 노, 草, 파, 남, 보,
色의 하모니카를 불며,
무지개 낀 虛空을 헤딩으로 받으며,

109-2.

내가 싼 똥을 내가 치운다.

들짐승처럼,

이상하다.

똥냄새가 하나도 안 난다.

참외 씨 속의 참외 속의 참외 씨 속의 참외 씨,

씨를 옮기는 動物의 똥.

109-3.

아빠, 내 우산은 먹구름을 뚫고 내려온
낙하산이야.
근데 있잖아, 바람에 날려
나를 흙탕물에 내려놨어.

109-4.

당신은 게으른 나무예요.

瞑想하는 포즈로 팔 벌리고 구걸하고 있어요.

天上이 황금인 양.

당신의 이마를 鍍金시키는 노을.

열매를 떨어뜨려주세요.

109-5.

치열하게 싸운 자는
敵이 내 속에 있다는 것을 안다.
지긋지긋한 집구석.

88.

마누라랑 싸우고 문을 쾅 닫고 나와버린다.

버스 속에서까지 그 소리가 나를 따라온다.

달리는 버스 속에서 날고 있는 파리의 날개의 속도에 대해
나는 생각하고 있다.

88-1.

사냥개가 냄새만으로 따라오듯.

내가 손댄 곳, 발 디딘 곳.

돌아보지 말자.

알리바이 때문에 괴로워하는 것은 아니다.

나는 너를 기다렸는지도 모른다.

너는 나를 徵集해가도 된다.

33.

나는 다만 이 시대에 感電된 것이다.

새까맣게 타버린 오장육부,

이건 한 시대에 헌납한 아주 작은 징세에 불과하다.

나는 나를 부르는 곳으로 나갔었다.

너는 거기에 없었다.

너를 사랑한다.

너를 사랑한다.

333.

내 마음의 馬脚이

뚜벅뚜벅 너의 가슴을 짓밟고 갔구나.

사랑해!

라고 말하면서

나는 너를 다 갉아먹어버렸어.

內心의 뼈만 남은 앙상한 果實,

苗板에다가 너의 生을 다시 移葬하련다.

사랑해!

164.

내가 터억하니 앉아 있는 이 데스크는

한때 보르네오 숲이었다.

잘 자라온 나이테의 배때기에 비계를 불리며 原木은 즐거이

인도양 바람을 키웠다.

벌목꾼 마하트라 氏는 일당을 받고

쓴침을 삼키며 집으로 갔을 것이다.

仁川 大成木材.

하루 종일, 견습공 김석만은 그것을

샌드 페이퍼로 문질렀다. 끝도 없는, 사막 같은 일.

청소도 하고 경리도 보는, 月收 13만 원짜리 미스 리가

미결재 서류를 잔뜩 갖다 놓는다.

나의 노동은 매춘 행위인가.

사방 데서 악쓰는 소리, 들린다.

내 몫, 내 몫,

내놔라.

내가 터억하니 앉아 있는 이 데스크는

말하자면, 나의 위장취업이다.

125.

南山에 우뚝 발기한 男根.

그리고 서울역 앞 인구시계탑,

현재 우리나라 인구 :

41214579

핏덩이를 쏟으며

'9'가 零으로 없어지는 순간,

고무장갑으로 받은 너. 너는

단지 무게일 뿐,

목동座에 앉을 자리가 없다.

별 하나에 사람 대가리 하나로

點描된 전갈 한 마리

두 눈에 퍼런 微光을 밝히고 다가온다.

늑대 온다!

응, 그래

늑대 오니?

104.

개그맨 김병조는 極右다. 맨날, 이
안에서만 놀아라,
한다.

5.

無風地帶의 작은 나뭇가지들,

간드러진다

대피 대피하라

惡의 날

23.

숨바꼭질,
어디어디 숨었니?
? 표를 귀에 달고 참호에 엎드린
지명 수배자들.
꼭꼭 숨어라!
! 표를 만들며 쫑끗, 머리카락을 들어올리는
숨소리.
바스락거리는 소리,
나를 찾는 사람들이 오면 없다고 말해.
나는 없다,
나는 없다고 말해.

18.

棺에다가 쾅쾅 못을 박는다.

그대 航路는 멀다.

돌아오리라, 언젠가 다시

우리나라에, 우리나라여

내가 더 젊었을 때는

이 지구에서 하고많은 나라들 가운데

어쩌면 이런 거지 같은 나라에 태어났는가

억울해했던 적이 있지.

인천 연안 부두에서 돈 주고 망원경을 빌려 본다.

옹진이여.

棺이 통통통 소리 내며 섬으로 간다.

나를 密航者이게 하는 西海.

나뭇잎만 한 새가 나의 행선지를 占쳐준다.

3.

우리의 소원은 統一.

갈매기가 노량진 나루터 수상구조대를 지나

간다. 참 멀리서 왔네, 멀리서

왔네.

要塞 속 바다로 가는 그대.

3-1.

바깥으로 손잡이가 달린 문.

西大門.

열리지 않는다.

이 벽은 내부가 외부다.

종로가 저 안에 깊숙이 갇혀 있다.

25번 버스가 이 벽 끝에서,

이 벽 저 끝까지 종일 왔다 갔다 한다.

헤어나지 못하는구나.

43.

사이렌을 울리며 응급차가 차량 사이로 질주한다.

1985년 9월 14일,

오후 2시 32분.

太平路.

죽는 사람은 결국 혼자 죽는다.

아무도 너를 따라가주지 못한다.

宗敎도 오후 3시 20분, 영안실까지만 갈 뿐,

있는 것은 네가 不在한 歷史일 뿐,

그 江 건너 太平路가 보이겠느냐.

다만 崇禮門이 꽃상여 한 채로 떠 있다.

永生은 기억이다.

74.

접시꽃 앞에서의 記憶

1. U.F.O.
2. 손은 자물쇠를 만지고 있다

   손은 열리지 않는 門의 운명과 만난다

   그리운 下部
3. 이 잔은 이미 피를 맛보았다

   살덩어리를 뜯고

   입술을 댄

   가시 돋친 테두리

   聖盃 속으로 지친 해가 잠긴다
4. 꽃 속에서 벌건

   좆이 푹 튀어나와 있다
5. 정체불명의 비행 물체

   왼쪽 골이 아프다

   너는 누구냐

   神仙思想研究 5

   골이 아프다

   막대기로 여러 개의 접시를 돌리는 약장수

40.

날개에 줄무늬 文身을 그려넣은 나비, 빠삐용.
난, 꽃 키우고 돼지를 기를 수 있는 이 섬이 더 좋아.
안 간다. 너나 가라.
더스틴 호프만은 섬 중앙으로 걸어가버린다.
이마에 깊은 칼자국을 만드는 스티브 맥퀸, 돌아서
그는 絶海에 몸을 던진다.
까마득한 수평선에서 이쪽을 향해 감자를 먹이는
스티브 맥퀸.

9.

당신과 나를 한 鉉으로 잇는 緯度에 기어오른
쓰르라미 풀벌레, 소리, 밤과 낮을 교대시켜주고 있소.
가을이 몇 坪의 풀밭을 떠메고 와서 창가에 우는데
이 靈川의 물이 한란계 속 추운 西海에 닿기 전
나는 내 생(生)을 세척하고 있소.
다친 데가 아물어가오.

8.

나는 平面을 경계한다.

육면이 벽이니까.

독방에서는 온 세상이

대갈통으로만 온다.

경계하라!

사람에게 지르는 소리,

먹딴 내 목소리를 내가 듣는다.

이상하다, 내 속에 누가 들어와 있을까?

너, 누구냐?

너, 말야.

나?

그래, 여기서 더 이상 어떻게 속으로 들어가란 말이냐?

182.

비 오는 날이면, 아내 무릎을 베고 누워, 우리는 하염없이
노래를 불렀다. 우리가 젤 좋아하는 노래는

강물아 흘러 흘러 어디로 가니
넓은 세상 보고 싶어 바다로 간다.

                                    는 동요이다.
　그 方舟 속의 권태롭고 지겨운 시절이, 이제는 이 지상에서
우리가 누릴 수 있었던 지복한 틈이었다니!
　넓은 세상 보고 싶어라. 華嚴의 넓은 세상.
　들어가도, 들어가도, 가지고 나올 게 없는
　액체의 나라.
　나의 汚物을 지우는, 마침내 나를 지우는 바다.

10.

내가 떠나온 방,
지금 가족들은 냄새로 나를 찾을 것이다.
내가 죽은 직후처럼
내 지상의 한 칸은 나로 차 있으리라.
문 밖에서 누가 소주를 뿌리고
그놈, 참,
飲福한다.
풀이 난 나의 푸르른 惑星,
通房하러 뻥기통에 들어간다.

17.

내 발가락이 발견한 마룻바닥의 관솔,

붉은 흉터.

가만히 보며는 파상 나이테를 거느린 중심이다.

흉터로부터 나이를 먹는구나.

우리 모두 起立하여 푸른 숲을 이룬

이일송저엉 푸우른 소오른

144.

샛별아.

이 밤길을 너는 먼저 달려가 새벽 산길을 비추고 있거라.

이 어둠 저편 누가 플래시를 버르장머리 없이 비추며 온다.

두려워 마라. 그도 우리를 두려워하고 있을 것이다.

어둠 자체가 무서운 것은 아니다.

무서운 것은, 다가오는 물체를 크게 보는 내 마음속에 있다

네가 자라서 너의 미래로 가는 길목에서 몇 차례

불심검문을 당하고 굴욕을 통과하여 더 탄탄해진

네 길을 갈 때 너도 알게 되리라.

쉽게 승리에 도취하지 않고 먼 새벽 산정에 이르른 길을.

44.

1980년 5월 30일 오후 2시, 나는 청량리 지하철 플랫폼에서 지옥으로 들어가는 문을 보았다. 그 문에 이르는 가파른 계단에서 사람들은 나를 힐끗힐끗 쳐다만 보았다. 가련한지고, 서울이여. 너희가 바라보는 동안 너희는 돌이 되고 있다. 화강암으로 빚은 衛星都市여, 바람으로 되리라. 너희가 보고만 있는 동안,

주주의는 죽어가고 있습니다, 여러분!

웁시다, 최후의 일인까지!

내 소리가 들리지 않느냐?

내 소리를 못 듣느냐?

아, 갔구나, 갔어. 석고로 된 너희 심장을 내 꺼내리라.

나에게 대들어라. 이 쇠사슬로 골통을 패주리라.

왜 내가 너희의 임종을 지켜야 하는지! 잘 가라, 잘 가라.

문이 닫히고 나는 칼이 쏟아지는 하늘 아래로 갔다.

파란 유황불의 花環 속에서 나는 눈감고 가만히 앉아 있었다. 몸이 없어지는 것을 나는 경험했다. 부끄러움의

재 한줌.

145.

12월의 숲

눈 맞는 겨울나무 숲에 가보았다
더 들어오지 말라는 듯
벗은 몸들이 즐비해 있었다
한 목숨들로 連帶해 있었다
눈 맞는 겨울나무 숲은

木炭畵 가루 회뿌연 겨울나무 숲은
聖者의 길을 잠시 보여주며
이 길은 없는 길이라고
사랑은 이렇게 대책 없는 것이라고
다만 서로 버티는 것이라고 말하듯

형식적 경계가 안 보이게 눈 내리고
겨울나무 숲은 내가 돌아갈 길을
온통 감추어버리고
인근 산의 積雪量을 엿보는 겨울나무 숲
나는 내내, 어떤 전달이 오기를 기다렸다.

527.

한다. 시작한다. 움직이기 시작한다. 온다. 온다. 온다. 온
다. 소리 난다. 울린다. 엎드린다. 연락한다. 포위한다. 좁힌
다. 맞힌다. 맞는다. 맞힌다. 흘린다. 흐른다. 뚫린다. 넘어진
다. 부러진다. 날아간다. 거꾸러진다. 패인다. 이그러진다.
떨려나간다. 뻗는다. 벌린다. 나가떨어진다. 떤다. 찢어진다.
갈라진다. 뽀개진다. 잘린다. 튄다. 튀어나가 붙는다. 금 간
다. 벌어진다. 깨진다. 부서진다. 무너진다. 붙든다. 깔린다.
긴다. 기어나간다. 붙들린다. 손 올린다. 묶인다. 간다. 끌려
간다. 아, 이제 다 가는구나. 어느 황토 구덕에 잠들까. 눈감
는다. 눈뜬다. 살아 있다. 있다. 있다. 있다. 살아 있다. 산다.

208.

나는 양심의 복수를 받았다.

나는 어리석음의 축복을 받았다.

경상도 사투리가 왜 이렇게 듣기 싫은지, 다 너 때문이야.

뭉툭하고 자신만만하고 긍정적이고 천하다. 다음은

은평구청 민원상담실 병무과장이 말씀해주시겠습니다.

양심과 어리석음에 대해서.

111.

워싱턴＝장두성 특파원.

미국방성의 한 비밀보고서에 의하면 미군은 태평양 지역에 21개의 핵지뢰(ADM)를 보유하고 있는데 대부분이 한국의 비무장지대 일대에 배치되어 있다고 3일『워싱턴포스트』지에 게재된 '잭 앤더슨' 칼럼이 주장했다.

"자 봐라. 우리는 이런 것도 말할 수 있다."

사람들은 말하지 않고 말없이 듣는다, 침묵의 高聲放歌.

그대는 사랑의 50가지 流言蜚語에 대해 말해줄 수 있겠나?

광화문 지하도에서 웬 실성한 여자가 나에게 길을 묻는다.

어디로 가면 개마고원이 나오는 거유?

어머니, 전 영세민의 아들입니다.

버섯구름 낀 서울을 떠날 수도 없어요.

우리는 이산가족이어요. 빤히 보이는 거리를 두고.

해골이 되는 50가지의 길.

175-1.

自然保護하는

基地에로의 3박 4일 관광여행:

핵지뢰밭 위의 푸른 도라지밭을 마구 밟고 다니는 노루.

山까치가 콩알만 한 불티로 레이다 그물을 빠져나간다.

새는 그물보다 높이높이 난다.

213.

이 지구는 미국의 부동산인가?
‘스타워즈’

오매 징한 거
뱀도 자세히 보면 아름답다.

주둔군 병사가 빤쓰만 입고 남영동 쪽으로 조깅을 한다.
행인들은 그를 멀뚱멀뚱 쳐다본다.

138.

지하상가.

맥도널드 햄버거 집에서 시작하여

카세트와 사쿠라 필름을 파는 레코드 가게에서 끝나는

장장 1킬로미터가 넘는 이 자본주의의 긴 갱도를

우산대로 두들겨가며, 나는 盲人 先知者 흉내를 내며,

지나간다.

저 出口에 이젠 비 그쳤을까?

당신은 英語를 말할 줄 압니까?

너의 이름은 뭐니?

137.

요즘 여자들은 노출을 위해 옷을 걸친다.

내 길을 막는 백인 마네킹. 누구시더라?

전에 어디선가 당신을 본 기억이 나긴 나는데. 그녀가 말한다.

너는 웃음도 複製한다.

네가 두렵다.

당신은 왜 이미 지나온 폐광으로 가시죠? 그녀가 묻는다.

아냐. 나는 지금 목마르다.

내 몸에 샘이 있는데. 그녀가 말한다.

나는 지금 사막으로 가고 있어.

거짓말. 넌 내 자궁을 못 빠져나갈 거야. 그녀가 말한다.

나쁜 것! 물러가라. 넌 不死냐?

그렇다. 넌 可死다. 난 안 썩어. 그녀가 말한다.

넌 저주받은 거야. 넌 치부에서 이자를 알 까는구나.

좋다. 너는 굶어 죽어라.

곧 너는 내 앞에서 다친 무릎이 될 거야. 그녀가 말한다.

웃기는구나. 죽을 줄도 모르는 게.

나는 병이므로 병들지 않아, 이 바보야. 그녀가 말한다.

너의 밥. 돈에서 구린내가 난다.

네가 싼 거야. 이 빚쟁이야. 그녀가 말한다.

잡년! 난 배때기에서 다시는 태어나지 않을 것이다.

증오가 너를 눈멀게 했다. 네 길이나 잘 더듬어 가렴. 그녀가 말한다.

넌 女神도 미이라도 아냐.

흙더미일 뿐. 잿더미일 뿐.

너의 이름은 뭐니?

당신은 英語를 말할 줄 압니까?

鐘路 5가에서 왼쪽으로 돌아가십시오. 그러면 무덤이 나올 것입니다.

139.

지팡이로 좌우를 두들겨가며 맹인이 횡단보도를 혼자 건너
간다.

보도블록을 들어 올리는 풀잎.

더 잘 보려면 눈을 감아라.

나를 가로막는 것은 나이노니.

136.

하얀 것이 무섭다.
가장 무서운 병은 아내와 그 짓을 할 때도
머릿속으로는 음란 비디오의 그 白人 여자에게
성기를 박고 있는 참상이다.
하얀 것은 가장 더럽다.

67.

"南山 제1호 터널, 붕괴 직전"이라고 해도
　차량들은 여전히, 태연히,
　어쩌면 붕괴될지도 모를 개연성이 있는, 남산을 통과할 수
있게 하는 제1호 터널, 그 칙칙하고 컴컴하고 매캐하고 긴 구
멍 속으로 들어간다.
　다 뒈져도 나만은 九死一生으로 살아남을 거야
　하는 심정으로 그날그날을 살아가는 건지.

　利己心은 얼굴에 철판을 깔게 하고
　良心은 가슴에 기부스를 하고

서울 사람들을 세련되게 하는 것은 신경질과 무감각이다.
심장에 맹장염이 걸릴 수도 있다.

189.

이 사막도 월트 디즈니 씨 소유다.

값싼 '이데아($\iota\delta\grave{\epsilon}\alpha$)' 하나로

純 모래와 純 물만으로 빚은,

홍콩으로 올라가는 기똥찬 계단.

톱니바퀴에서 웃음을 빼내며

교활한 딱따구리가

내 골을 요란하게 쪼아 먹는다.

월트 디즈니 씨는 천진난만하다.

멀쩡한 사람을 쥐새끼性에 가두다니!

101.

「일요일 밤의 대행진」을 보는 넋 나간 중산층들,

내 믿을 수 없는 惡妻여.

나는 외박 중이다.

누군가 팔 벌리고 서서 나를 못 가게 한다.

너는 누구냐?

그대는 我方이냐?

내 肉身보다 더 무거운 짐을 진 내 그림자,

너는 쓸데없는 것을 너무 많이 積載했다.

나는 내가 버겁다.

148.

아침에 내가 깨어날 시간을 下達받은 自鳴鐘시계를 머리맡
에 놓고 눕는다. 잠이 안 온다. 하루살이는 一生을 다하여 하
루를 산다. 내일 아침 내가 깨어날 수 있을까? 心室의 두근거
리는 時限爆彈.

136.

한때는 여기저기 결혼식장에 다니느라 바빴다.

이제는 애들 돌잔치 챙기면서 우리들은 만난다.

時事를 이야기하고 누구를 위하여 돈을 걸고,

상다리를 숟가락으로 두들기며 흘러간

「아침이슬」이나 「꿈꾸는 백마강」을 부른다.

이 애들 시집 장가 보내는 식장에서 서로의 안부와 건강을

물을 것이다. 그리고 어느 날

우리는 問喪客이 될 것이다.

그때,

야, 니는 어떻게 살았니?

59.

용산, 철도병원 붉은 벽돌집,

天上의 플랫폼,

땅에서 올라온 담쟁이가 실핏줄처럼 번져

꽉 움켜쥐고 있다.

살려다오, 살려다오.

39.

누에는 제 壽命을 줄여가면서 집을 짓는다.
아이고, 내 집이 나를 가두다니!
나의 깊이는 나의 한계였느니.

39-1.

집달팽이가 풀잎 우의 자기 길을 느릿느릿 간다.
내가 내 몸 안에서 무엇을 보겠느냐?
딸아이를 목욕시키면서 본
어린 잠지 속의 冥府殿.
죽어야 환해지는 빈집 한 채 머리에 이고
집달팽이가 觸覺 밖 몇 만 칸델라의 빛에 對한다.
눈부셔라, 저 밖에 무엇인가가 있구나.
풀잎 우의 자기 길.

116.

거미는 함정을 집으로 하여 산다.

제 똥구멍으로 질질 흘린 침이 지은 집.
집이 늘어났다가 줄어들었다가 하면서
숨 쉬는 것 같다.
거미는 함정 속에 神性을 물질화시키고 있다.

233.

나는 어란으로 가기 위하여 읍내 〈나그네의 집〉에서
하룻밤을 묵는다.

"집은 어디서 왔다요?" 성도 이름도 없는 여자가 묻는다.

"수상해?" "북에서 내려왔어."

그녀가 나를 꼬집는다.

"너는 어디서 왔냐?"

여수에서 영등포로, 미아리에서 부산으로, 목포로, 완도로,
해남으로 왔다, 그녀는. 대흥사 여관동네에서 한 2년?, 있다
장터까지 왔다, 그녀는.

"너도 끝장까지 왔구나."

"아저씨는 눈이 내 애인 닮았소잉."

"뭐 하는 놈인데?"

"중."

밤늦게까지 그는 그녀에게 막걸리 주전자를 따라주고 암자
로 올라가곤 했다, 그 중은. 산 전체가 단풍으로 色이 탱탱할
때, 그는 通道寺로 가버렸다, 그 중은.

그녀는 광주 공용터미날까지 가서 배웅했다, 그녀는. 슬픈
가을 산으로 돌아왔다.

"내가 환속한 그 중놈이야, 내가." 쓰게 웃는다, 그녀가.

그녀는 내 품 안으로 파고든다.

못생기고 늙은 이 작은 여자를 나는 넓은 가슴에 묻는다.

"집은 어디 간다요?"

"어란."

"어란 어디?"

"솔섬."

"거기 누가 있소?"

"아냐, 아무도 살지 않아."

횃대로 올라가는 닭, 그녀는 이내 잠이 든다.

1983년 12월 24일, 나는 지상에서 한 여자를 재웠다.

첫 미사를 알리는 천주교 종소리에 깨어났을 때, 그녀는 없었다. 2만 원만 챙기고 내 호주머니에 3만 원을 넣어 두고 간 그녀의 발자국을 금세 눈이 지우고 있었다.

나는 어란으로 가기 위하여, 〈나그네의 집〉을 나왔다.

234.

눈 받는 어란 항.

솔섬은 보이지 않는다.

솔섬은 없다.

선창에 밧줄을 대고 저만치 떠 있는 빈 木船들,

흰 상여들.

이 明堂에 묻히고 싶다.

190.

꼭 10년 만에 옛날 근무하던 臨陣江을 가 보았다. 연대 앞 위병소에서 내려 버스가 남긴 황토 먼지가 가라앉기를 기다리는 동안, 나는 10년간의 외출을 마치고 막 귀대한 육군 병장 황 병장이었다. 10년, 10년간의 외출. 애인을 만나고 그 애인과 한 10년 늘어지게 살다가, 어유지리 마을로 들어가는 다리, 포플라나무, 감리교 웨슬레이 씨가 들어와서 지은 돌벽 교회, 산드기 쏨밧골로 가는 작전도로, 나는 문서 수발을 끝내고 돌아가는 그 전령의 외로운 길을 걸어갔다. 능선에 옥수수밭이 쓰러지도록 무성하고, 강 건너 너도밤나무 숲이 있는 民統線까지. 不歸, 不歸의 강, 임진강.

18.

수많은 '너' 안에서 나는 '나'를 증언하게 된다.

너를 찾아서 영동 유흥가를 지나갔었다.

신흥 시가지 좋은 집들 사이사이에,

아, 나는 황토에 뿌리 박은 옥수수나무 몇 그루를 본다.

어디로 갔느냐, 너, 원주민이여?

거기 사람 있으면 소리 지르고 나오시오.

대답 없고

옥수수나무만이 털을 꺼내놓고 毛泣을 한다.

가을, 내 마음의 개마고원이 靑灰色의 개마고원으로 옮겨
간다.

살아 있으세요. 없어서 그리운 당신.

41.

처마 밑

저놈의 거미는 며칠째 꼼짝 않고 있다.

斷食鬪爭하고 있는 것일까?

자신의 體液에서 뽑은 집, 집구석에 하루 종일 틀어박혀.

얼른 눈에 안 띄는 그의 집의 투명성 속으로

잡아먹을 듯이 쳐들어가는 바람:

누구쇼?

그의 집은 텅 비어 있었다.

그는 지금 誕生에 대해 생각하고 있다.

외롭니?

200.

울고 싶으면 혼자 제1한강교 위를 걷습니다.

이 강 거슬러 거슬러 남한강에 이르고 거기서

다시 지류로 거슬러 치악산에 이르겠지요.

이 길은 退路ㅂ니까?

바로 앞에 소주 한잔 따라놓고 그것을 형님은

하루 종일 바라보고 계시겠지요.

이마 가운데 핏줄을 돋우고

형님이 따라주는 소주 몇 잔이 치악산을 한 바퀴 돌아

지류로 남한강으로 뚝섬으로 잠수교 위로

미 8군과 국립묘지를 잇는 동작대교 아래로

흘러 흘러

의심 많은 이 아우의 凶凶한 흉부로 흘러들어옵니다.

종이에 싸여 흘러온 放生의 촛불이여.

그리고 도도한 한강은

1천만 명의 똥물과 하이타이물과 콧물과 정액과 피고름과

함께

華嚴의 서해로 고요히 흘러갑니다.

進路여, 進路여.

214.

양떼구름 뒤 사람 발자국

굴착기가 아스팔트를 뚫고 순결한 흙을 만난다.

무더운 여름, 이 짓이겨진 땅 위에서는 성고문이, 있었다.

수녀들이 돔 천장 아래서 가슴을 치며 사죄했다.

무너진 흙구덩을 떠나는 일개미 떼, 알을 물고 새집으로 이동하던 날

나도 그 가해자라고 생각했다.

굴착기는 내 가슴에 얹힌 암반을 콩콩 뚫고 있다.

반창고 아래 곪은 내 영혼, 돌고드름이 질질 흐르고

멕시코 灣에 올라와 숨 거둔 고래들의 해외 토픽을 스크랩해둔다.

그건 내가 증거 인멸을 두려워했기 때문이다.

반공주의자들은 언제나 근육을 자랑한다.

어제 개축한 방공호를 오늘 까부수고

굴착기는 못 뚫을 것이 없다.

낙타가 바늘구멍에 들어갈 수 없다는 말은 틀린 번역이다.

요는, '낙타'가 아니라 '밧줄'이다.

밧줄은 바늘구멍을 들어갈 수 있다.

못 믿는 내 큰골이 그만큼 연약하다.

믿음을 주기 위한 돔 양식은 두려움을 주기 위한 동굴을 흉내낸 것이다.

돌고드름이 송곳니같이 돋아난 목젖, 악취 나는 내 내장이 내다보이고

나는 모 출판사의 변절이 즐겁지 않다.

내 컴컴한 목구멍에서 우산을 쓰고 외출하는 박쥐들이여,

싸우고 들어온 날은 이렇게 내가 아프다.

내 혓바닥에서 나온 독으로 나를 핥고 그 새끼를 핥고 있다.

몇 번씩 찧은 적이 있는 그 문턱에 또 이마를 찧을 때처럼

후회는 늘 새롭고 오류는 맨 처음의 오류이다.

그 망할 놈들이 먼저 白旗 아래 가 있다.

性行爲와 拷問은 더 이상 짜낼 것이 없는 것을 짜내려 한다.

담배를 꼬나물고 패를 고르는 악당처럼 나는 내 미래를 암산해본다.

내가 화해를 서두르는 듯한 인상을 줄 필요는 없었다.

노처녀들이 음탕한 영화를 보러 가는 것은 이해할 만하다.

노래책을 놓고 유행가를 따라 부르는 것처럼 따분한 일도 없으리라.

내 삶을 들여다보는 지금이 꼭 그렇고

내 그림자의 등이 몹시 가렵다.

그 자리만 삽으로 파내어버릴 수만 있다면!

내 葬地에서 되돌아가는 나의 친지들은 곧 나를 잊을 것이다.

맑은 물 밑 모래 바닥에 내려간 피라미 그림자들, 흐르는 물속에

그대로 있다, 내가 세월에 삭고 있는 동안,

청자 고동은 아름다운 靑瓷를 남긴다. 헛되어라!

새벽 산정에 야호, 소리 한번 지르려고 사람들은 하산하고

기회주의자들이 삶을 훨씬 멀리 보고 있다.

사람이 현명을 얻으면 쓸쓸해지는 법.

쓸쓸하여라! 기다란 벌레가 시궁창 가 봉숭아 꽃그늘을 통과해 간다.

바보들은 아무거나 좋아한다.

경멸로써 고고해지는 범죄, 맞었어, 나의 言表는 범죄다.

밧줄은 바늘구멍에 들어갈 수 없다.

굴착기는 물을 뚫을 수 없다.

반공주의자들은 두려움이 많다.

내 원고지 2매와 부등가 교환인 대가를 벌기 위해

노동자들은 뻘뻘뻘 노동으로 전쟁을 치르고

학자들은 고래들의 자살을 설명하지 못한다.

야구장에서 파울 볼을 잡으려고 환장하는 실업자들, 그들만

이 이해한다,

잔디밭 굼벵이를 파먹으러 운동장에 들어가는 집비둘기

들을.

사람의 입이 못 먹을 것이 없다. 개고기도 먹는다.

그럼에도 불구하고 내 애인은 나환자처럼, 이 세상에서 제

일 쓸쓸한 곳에만

있으려 한다. 청자 고동이 남긴 靑瓷가 헛되이 물속에 구르고

일개미 떼가 입에 알을 물고 새집으로 이동하던 날

눈부신 양떼구름 한 떼가 동작대교 쪽으로 몰려간다.

물 위로 양치기들의 털신이 첨벙첨벙 물 튀기며

노량진 水産市場 쪽으로 간다.

66.

애인이 내 앞에서 짬뽕을 먹는다.

아름답다.

나는 지금 사발에 든 너의 똥을 본다.

너의 썩은 棺에서 송장 메뚜기들이 통통 점프한다.

219.

사자가 한번 부르짖으니 여우의 머릿골이 찢어지도다
―《臨濟錄》, 六十四, 到明化

바퀴벌레야, 바퀴벌레야, 이리 나온!
죽여줄게.

애인을 만나고 들어온 날 밤,
아내는 빈껍데기뿐이다.

빚더미에 밀려서 전철이 달려간다.
市廳 앞에서 내려야 할 사람이 종착역에서까지 졸고 있다.

그대 가슴속에 모셔진 神位,
그대가 부재하는 날을 위해 촛불이 흔들린다.

세상에, 네 마음이 다 내 마음 같다고 생각하는 놈들.
추종자들은 이용한 다음 처단할 것!

나는 너를 위해 살고 있다고 생각한다. 그러나 불안하다.

그날이 오면 너는 나를 처형할 것이다.

글쎄, 그 씹새끼가 그러잖아.
그러니깐 내가 뭐래든. 상종하지도 말랬잖아!

매미는 3년간 캄캄한 땅속에서 입에 흙을 부비고 살다가
여름 한 달 노래 부르다 죽는다.

"설사 있다 하더라도 저는 말할 것이 없습니다." 臨濟가 말
했다.
"화살 한 촉이 벌서 西天을 지나가버렸습니다."

혁명가를 보면 혁명가로 살고 싶고
호스티스를 보면 호스티스와 살고 싶다.

旋風機가 좌우로 돌고 있다.
무엇인가 부정하고 있다.

넌, 맨날 결심만 하고 사는구나.

해피 버쓰 데이 투 유, 해피 데쓰 데이 투 유.

그리움의 뒤편은 두려움이다.

너를 안 만날걸 그랬어. 널 껴안으며 네가 없어.

나무에 魂靈이 있다고 생각한 뒤론 그 나무를 베어버렸다.

잘린 목에 돋은 흰 물이 햇빛 아래 영롱하다.

네가 여기저기 다니며 나를 비방할 때, 네가 나를 믿지 못할 사람이라고

할 때, 나는 또 얼마나 더 살아야 하나.

네가 원하는 증거란 게 焚身을 뜻하는지.

이유는 변명하는 사람들에게 군번 인식표와 같지. 목에 걸고 다녀.

나는 무당을 피해 다닌다. 지남철에 붙은 맨 마지막 못처럼.

이제 밖으로 나가야 할까 봐. 너무 꾸물거렸어.

네온사인으로 만든,

붉은 십자가 위 피뢰침.

61.

태어나자마자, 나는
부끄러웠다.
깨복쟁이 때 동네 아줌마들이 내 고추를 따먹으면
두 눈을 꽉 닫아버렸다.
국어 시간이 젤 싫었다.
얼굴이 시뻘게지고 국어가 안 보였다.
여러 사람은 나의 공포였다.
처음으로 수음을 실시한 사춘기 때부터
이 부끄러움은 약탈, 동성연애감정, 광태로 변하기 시작했
다.
변성기 안 온 앞 좌석 놈을 꼬여 입을 맞추고
다음 날 그놈을 죽이고 싶도록 미워했다.
미루나무 숲 소나기 속으로 뛰어갔고
내가 싫었다.
담배, 술, 또 수음, 자살 계획, 폭행.
승려가 될까? 항해사가 될까? 직업군인이 되려고도 했다.
선생에게 대들었고, 손이 부들부들 떨리도록
선생을 무서워했다.

스무 살, 나는 하늘만큼 커졌고 무지무지하게 방종했다.

나 이외에는 아무도 없었다. 거만했고 안하무인이었다.

나보다 더 잘생기고 인생 공부 많이 한 놈은

일보 앞으로 나와봐!

군대, 육군 쫄따구, 송충이 하나 둘 셋 넷, 나는

송충이만큼 작아졌고 무지무지하게 작았다.

나는 아무것도 아니었다. 무인칭이었다. 여러 사람 속에서,

나는 새빨갛게 부끄러웠다.

감옥엘 다녀와도 부끄러웠고,

이후, 나이 들고 시인의 아들딸을 두고

지금까지도 하늘을 우러러 부끄럽다.

살아가는 날들 앞에 두고, 전라도 말로,

무장무장 어렵다.

62.

이 부끄러움의 심층, 멘탈 스트락처를 모르고
나를 올라타 제 살인지도 모르고 찍고 씹고 찌르는
머리가 좀 모자라거나 둔한
괄호 속에 문학평론가라고는 꼭 써넣는 자를
나는 동정한다.
詩를 휴지 삼아 제 콤플렉스나 제 혐의점을 코 푸는 자도
이와 同.

63.

그는 얼마나 아플까.

아플까?

毒 화살촉처럼 뾰쪽 나온 내 혓바닥.

301.

나는 靑春이 싫다.
터지지 않은 化膿이 화끈화끈 애린다.
어서 늙고, 병 나아야지.

내 사타구니에서
덜렁덜렁 鍾 치는 붉은 鐘樓,
때가 되었다고
운다.

500.

너만 있는 건 主體가 아냐. 나도 그래.

千年王國이야 벌집 속에 있지이.

우리도 種類로 있는 거 아냐?

아가리를 벌리고 떨어지기만을 기다리는 정글을

유유히, 落点을 찍고 다니는 極樂鳥, 봐.

그 색채, 그 몸매, 그 모양새 배후에 누군가 있을 거야.

그의 의지는 아닐걸?

악어가 흙탕물을 튀기며 좋아하는 거 좀 봐.

너의 다섯 개밖에 안 되는 감각의 구멍으로 들여다봐.

289.
구반포 상가를 걸어가는 낙타

이수교에서 고속터미날로 가는 방향으로 오른쪽이 되는 구반포 상가 앞 버스 정류장으로 건너가기 위해 그녀는 건널목에 서 있다.

전화박스 속에서 보았던, 赤信號에 걸린 거리, 오후 6시 반.

인간의 내장을 긁어내주는 屠殺場으로 가는 길이 어디예요?

어디냐니까요? 운명의 전갈좌가 가리키는 곳 말예요?

이미 물렸어요. 번지는 독을 해독해주는 藥局이 건너편에 있나요?

魔法에서 풀려날 수 있는 방법은 환멸뿐인가요?

집 나올 때 문에다가 이미 못을 다 박아버렸어요.

아뇨, 네, 네, 아니라니까요. 주소는 잊어버렸대두요.

미국 가는 날짜 말인가요? 아직 두 달이나 남았는데요.

그녀는 그때야 그녀를 완강하게 가로막고 있는 게 적신호만이 아니었다는 걸 깨닫는다. 이쪽에서 저쪽으로, 그리고 저쪽에서 이쪽으로 사람들이 뛰어서 횡단보도를 건넌다. 흰색의 횡단선을 넘어 정차해 있는 차들 앞을 그녀는 타박타박, 천천히 걸어서 건넜다. 청신호는 벌써 깜박깜박 그것의 短命을 알렸다.

건넌다는 게 뭘까, 그녀는 생각했다. 이수교에서 고속터미 날로 가는 그 길은, 검은 페이브먼트 때문이었을까, 자기의 棺을 타고 건너는 검은 강물 같았다.

반포 켄터키 치킨. 냉방 완비.

모가지와 발목이 잘린 닭들이 꼬챙이에 꽂혀 전기구이통 속에서 실타래처럼 뱅뱅 돌려지고 있는 것을 그녀는 멍하니 보고 있었다. 사람들은 시체를 기름에 튀겨서 맛있게 뜯어먹는다, 그녀는 생각했다. 그녀는 잃어버린, 황금 비늘로 덮인, 억센 발톱에 대해, 투쟁의 피 흘리는 벼슬을 기념하기 위한 붉은 王冠에 대해, 새벽의 숲을 일깨우는, 황금 뿔로 된 부리에 대해 생각했다. 그리고, 아냐, 그게 아냐, 그녀의 마음속에 있는 고개가 좌우로 흔들렸다. 먹이만 보면 일렬횡대로 꽥꽥 소리 지르며 몰려드는 양계장 폐닭들이었을 거야, 그녀는 생각했다. 치킨집 문이 열릴 때마다 양념으로 가린 닭살의 누린내가 문의 풀무질에 의해 밖으로 뿜어져 나왔다. 하필이면 정류장이 치킨집 앞에 있을 게 뭐람, 그녀의 마음속에 있는 이마에 칼자국 같은 주름이 새겨졌다. 반바지 차림을 한 중년 남자가 그의 가족을 데리고 치킨집으로 들어가는 것을 그녀는 보았다.

오늘 사냥은 위험한 것이었소, 여보.

이놈의 눈깔은 어두운 데서 날 지켜보고 있었어. 보라구. 이놈의 살의의 이빨들. 하마터면 이놈의 이빨이 나를 물고 그의 가족들의 으르렁거리는 食慾 앞에 끌고 갔을 뻔했소. 그들이 지금 그런 것처럼.

내장을 긁어낸 도살장에서의 단란한 저녁 한 끼, 그녀는

육식의 가족을 경멸했다. 느끼한 것들은 참을 수가 없단 말야, 혐오감이 그녀의 胃를 또 쓰리게 한다. 다치기 쉬운 밥통을 달고 날아다니는 새.

위병을 앓고 있는 그녀에게, 김 선생 요즘 밥통은 괜찮아요, 당돌한 그 남자는 말했었다. 모래가 가득 찬 밥통을 그녀는 달고 있다고 그녀는 지금 생각했다. 어떨지 몰라, 내장을 모두 도려내버리면. 내 영혼은 증발할까?

먹을 필요를 떼내버리고 날아다니는 새. 지평선 밖으로 빠져나가려는 흙 묻은 날개깃. 양산리 들판을 지나가는 미군 폭격기의 그림자를 그녀는 생각했다. 푸른 띠와 붉은 별들로 장식된, 순 아메리칸 스타일이라는 한글 아크릴 간판을 단 '맥

도널드 도우넛' 집을 그녀는

본다. 후리후리한 서양 남자가 스매시를 멕이기 위해 라켓을 높이 쳐들고 있는 마네킹을 쇼우 윈도우에 내놓은 스포츠용구 전문점 〈월드컵〉을 그녀는

본다. 카페 〈추억〉과 레스토랑 〈숲속의 빈터〉를 그녀는

본다.

그녀는 어스름이 석회수의 침전처럼 내리고 있는 거리를 보았다.

동대문야구장을 한 바퀴 돌고 오는 289 버스가 붉은 '서울대'라고 쓰인 終点을 향해 질주하고 있었다. 진흙으로 빚은 사람들을 가득 담고. 신나를 끼얹어도 안 탈 사람들을 가득 담고. 불구덩으로 들어가는 진흙 인형.

너 어디 가니? 미국! 미이이이이국!

거기가 네 터미날이니? 아냐, 터미날은 사람들이 떠나는 곳을 의미하지 않니?

이수교에서 고속터미날로 가는 방향으로 오른쪽이 되는 반포치킨집 앞 버스 정류장에 그녀는 서 있었다. 그녀는, 버스 정류장 옆, 사람들이 담배꽁초를 버리거나 가래침을 뱉도록

되어 있는 쓰레기통이 눈에 들어오는 것을 거절하지 않았다. 그 쓰레기통에 부착된, 이장호 감독, 안성기 이보희 주연의, 철 지난 「무릎과 무릎 사이」가 눈에 들어오는 것을 그녀는 거절하지 않았다.

이 시대의 기쁨은 오로지 生殖器 근처에 있으며,

이 시대의 사랑은 오로지 癡情이야.

자기를 치근덕거리며 따라오는, 자기를 김 선생이라고 부르는 그 당돌한 남자가, 그녀는 지겨웠다.

뭐하러 그곳에는 가는 거요, 회한을 늘리러? 지겨운 그 남자가 물었다.

아뇨.

그럼? 깨지러 가는 거요? 그 지겨운 남자가 물었다.

아뇨, 깨질 것도 없는걸요.

남자가 말했다. 벼랑에까지만 동행해주겠다고.

왜 가로막는 거예요? 비켜주세요!

남자는 말했다. 이건 개입이 아니라 동행이라고.

그녀는 정류장 이정표를 올려다보았다.

328951324번: 武陵洞 무지개 아파트.

298471325번: 桃花洞 진달래 아파트.

그래, 난 지금 전갈좌에게 가고 있는 중이야, 그녀는 속으로 말했다.

난 不老草를 캐러 가는 게 아냐, 너희에게 蘇生의 닭피를 먹여줄 聖杯를 찾으러 가는 것도 아니란 말야, 그녀는 속으로 울부짖었다. 있지?

난 전갈좌의 독을 훔쳐 와야 해, 독에서 깨어나는 순간 난 잠들 거야, 그녀는 속으로 부르짖었다.

그 무릉동의 휘황한 무지개 기둥에 스며드는 물의 높이로 재는 시간으로는, 몇 초쯤 지났을까? 그 도화동의 진달래 꽃잎 위에 소름처럼 돋은 이슬방울에 저녁노을이 스치는 순간만큼 지났을까?

그녀는 타박타박, 왔던 길을 되돌아갔다. 타박타박.

그리고 타박타박, 자신의 등 뒤에서 따라오는 자신의 발소리를 그녀는 들었다. 타박타박.

왔던 길을 되돌아가는 사람은 변명하는 버릇이 있는 사람이지, 타박타박.

되돌아보면 돌소금으로 변해버릴지도 모른다는 두려움이

그녀로 하여금 되돌아보게 했다.

어머, 너 언제부터 여기까지 따라왔니?

그녀의 등 뒤에는, 놀랍게도, 눈부신 금빛으로 도금된 낙타 한 마리가 꼴 먹으러 따라온 굶은 소처럼 우두커니 서 있었다.

아냐, 내 손에는 너와 연결된 고삐가 없다구.

낙타는 너무나 찬란해서 만져지지가 않았다. 너무 선명했기 때문에 낙타는 냄새도 소리도 가 닿을 수 없는, 다만 빛의 윤곽만을 가지고 있었다. 그랬기 때문에 낙타는 영화 기법으로 말한다면 '오우버 랩' 수법으로 차량들과 사람들과 가두 신문대와 버스 토큰 판매소 속을 그대로 통과할 수 있었다. 그리니치 천문대를 기준으로 하는 지상의 시간으로는 피엠 8:30을 가리키는, 구반포 상가 앞을 통과하는, 영등포―천호동 구간의 21번 버스가, 상계동―봉천동 구간의 303번 버스가, 신세계 백화점―방배동 구간의 42번 좌석 버스가 막 낙타의 몸을 지나갔다.

신기해. 넌 어떻게 공간을 차지하지 않으면서 공간 속에 있을 수 있니?

저 아파트 좀 봐. 사람들은 空中에까지도 私的 所有의 공간을 만들어놓고 神聖不可侵의 가격을 매겨논 거. 넌 다치게 하지도 무너뜨리지도 않고 지나가는구나.

그녀는 이제, 구반포 삼거리에서 강변에 이르는 길로 꺾어 들어갔다.

그 길은 어둑어둑했다. 수양버들 가로수 그림자 때문에. 그렇지만 수은등 불빛을 받는 수양버들은 분수의 꼭대기 같았다, 그녀는 생각했다.

낙타야, 목마른 낙타야, 너의 염통에는 순수한 의미의 물만 흐르고 있겠지? 먼 길을 온 너의 밥통엔 나처럼 모래만 가득하겠구나, 그녀는 생각했다.

그녀는, 바람에 의해 이동하는 사막의 그늘진 등성이 같은 황금 낙타의 등을 힐끗, 쳐다본다. 목욕탕에 게으르게 드러누운 여자의 알몸 같애, 그녀는 생각했다. 내 몸에 가까이 오지 마랏. 내 영역에 발 들여놓는 자의 발을 전갈이 물으리라. 그녀는 하악의 뼈가 드러나게 이를 악물었다.

낙타, 넌 질량이 없어, 없어, 넌, 내장이, 넌 기쁨도 괴로움도 없어.

낙타, 넌 臨在할 뿐, 不在했어.

그녀는 지나온 길에 남긴 발자국마다 자신의 핏자국을 남긴 것처럼 온몸에서 힘이 쑥 빠지는 것을 느꼈다. 나는 어쩌면 그런 흔적으로써, 변명할 길 없는 나의 부재를 옹호하게 될지도 몰라, 그녀는 속으로 중얼거렸다. 피곤하다, 그녀는 느꼈다. 그녀는 어둡고 후미진 곳을 먼눈으로 바라보았다. 그녀의 현기증을 뚫고 반포 주공 아파트 2단지 열 관리소의 굴뚝이 높이 치솟아 있는 것이 보였다. 칼칼한 목구멍을 타고 하늘로 올라간, 보온의 下水口.

편히 잠들고 싶어 하는 주민들의 男根崇拜 같애, 그녀는 생각했다.

그들에게 따뜻한 물의 행복감을 보내주는 복잡한 배관을 하체에 묻은, 지금은 식어 있는 根, '아들 딸 구별 말고 하나만 낳아 잘 기르자'에 서약하고 정관수술을 하고 입주한 그들의.

그녀는 수양버드나무에 기대었다. 한강 쪽에서 여름밤 강바람이 불어왔고, 수양버들은 냇물에 머리를 감는 조선조 중엽의 여인네처럼 머리를 풀었다.

사람들이 모래와 시멘트를 짓이겨서 집을 짓고 보도블록을 깔고 검은 역청으로 길을 덮기 전, 여기는 강물이 제 입으로 물어다 쌓아놓은 모래밭이었을 거야. 그녀는 사라진 강에 대해 생각했다.

그녀는 오한을 느꼈다. 갑자기. 나는 이제 서른한 살이야. 그녀는 떨었다.

서른한 살. 작은 디엔에이 정보를 가진 벌레가 이렇게 다 커버렸다니. 그녀는 떨렸다.

낙타야. 나의. 낙타야 어서 온. 나를 태워다오.

여기서부터 벼랑이야. 일생에 단 한 번만 건너는 것을 허용하는 강이야.

희망이 우리를 건너게 할 거야. 希望이.

나이: 서른하나. 성별: 여자. 직업: 미상. 주소: 미상인 한 '사람'이 1986년 6월 19일(목요일) 21시. 검은 강으로 들어가고 있었다.

17.

내가 먼저 待 接받기를 바라진 않았어! 그러나
하루라도 싸우지 않고 지나가는 날이 없으니.
다시 이쪽을 바라보기 위해
나를 對岸으로 데려가려 하는
환장하는 내 바바리 돛폭.
만약 내가 없다면
이 강을 나는 건널 수 있으리.
나를 없애는 방법,
죽기 아니면 사랑하기뿐!
사랑하니까
네 앞에서
나는 없다.
작두날 위에 나를 무중력으로 세우는
그 힘.

191.

표적

보이지, 꼬리 치는 미끼?

속으면 너, 죽어.

먹이 속에 든 갈쿠리: 밥상 위의 갈치 속에서 물음표(?)를
젓가락으로 끄집어내다. 피 묻은 실에 딸려 나온 식욕.

중산층은 곧 배반할 거야. 혐오감은 곧 지나가.

수술한 처녀막에 난 고속도로. 釜山은 진창이야.

실업 불황 강요하는 미일 자본 몰아내자!

침묵하는 자는 부역자다.

난 알았지, 네가 누군지.

내 혈관에서 '헌혈'이라는 이름으로, '혈맹'이라는 이름으
로 採血하는 너.

우리나라 똥구멍을 타고 흐르는 낙동강.

그리고 낙동강은 똥물이 되어 고요히 쓰시마 해협으로 흘러

간다.

그는 하루에 일만 번 에어드라이버 버튼을 누른다.

그들은 그를 가난해야 일을 하려드는 족속이라고 부른다.

'초과 이윤'을 그들은 '자본의 연금술'이라 부르기도 하며,

자동화 사격장 표적처럼 불쑥불쑥 일어선다.

그러나 신분증 없이는 한 구간도 지나갈 수 없는 거리.

병정개미들이 날개 달린 곤충의 목을 끊어놓는다.

젊음이 죄야. 젊은 놈들은 모두 용의자야.

지하도에서 가는 길을 묻는 자에게 새占을 쳐주는 늙은 예

언자.

불 꺼! 1309호 불 안 끌 거야? 시발년아 불 안 끌래? 방위

병이

가게 문짝을 발로 걷어찬다. 먹구름 밑 항공로를 긴 혀로

핥는 探照燈.

어린 시절 참새집에 들이댄 후라쉬, 아 새들도 잠을 자는구
나!
까만 작은 눈을 뜬 채 끌려 나오는 일가족.

그대들은 아버지 없는 세대, 후레자식들이다.
내가 아버지가 되다니.

내 좆으로부터 태어난 미래여, 덤벼라, 나에게!
우주선이 電送한 지구 사진. 하염없이, 잎이 피고 눈 내린
다. 사람들이 산다.

검은 라이방 안경을 쓴 朴正熙 少將이 강을 건넌다.
덴노이까 반자이! 도스께끼! 앞으로 갈수록 뒤로 '빠꾸'하
는 수레바퀴를 타고,

그들은 왔다. 한강에서 북악까지, 생각해보면 1밀리미터도

안 되는 그 길.

강제 추행이었어. 그 세월 넘도록 삶은 수치심이야.

그대, 보았어? 온몸에 신나를 끼얹고 대기원으로 들어오는 꽃다운 遊星을.

아아 역사여, 뇌성 번개여, 피뢰침 밑으로 들어간 자를 쳐라!

나를 쳐라! 나를 먼저 쳐다오! 금 간 하늘이 드러내는 두려워하는 얼굴.

내 마음이 만든 이 두려움을 박살내다오!

望月로 가는 길. 그 황톳길. 묘비도 팻말도 없는 무덤에게 가는 길.

이제 참회하지 말고 나가 싸우라! 돌아오는 그 길은 그렇게 내게 말했다.

가자, 내 아픈 식구들아!

이 진창 속에서, 진창 속의 낙원으로.

205.
징

징은 소리가 난다.

그 내부에 상한 意識이 있는 듯,

한 대 맞으면 길게 길게 운다.

상처가 깊다.

나이테의 중심처럼, 이 징은 중심이 있다.

이 징의 중심은 마음 심 자 心이다.

이 징은 이 마음으로부터 진심으로 호명한다.

사람들아 사람들아

모여라

보라

이 징은 한 뼘 한 뼘 그대가 재어나간 목숨이다

목숨의 벌판이다

이 벌판에서 얼마나 많은 사람들이 갔나

역사의 한 뼘을 제 일생으로 교환한 벌판 같은 징.

숨죽이며 다가가 보라

이 빈 들이 너무나 충만하다

너무나 고요하므로 들끓는다

쳐라
분노의 까진 대가리로
이성의 터질 것 같은 흉곽으로
다친 한 역사의 알몸으로
平和의 불붙은 횃불로
저 침묵의 中核을,

징
징
징
지잉

가자
개항 이후, 온갖 야욕과 無明과 거짓과 反革命과
제국주의가 삼킨 익명들이 되살아난다

가자, 저 중심으로

살아서 가자

살아서, 여럿이, 중심으로

포로된 삶으로부터

상처의 핵심으로

해방의 징으로

1.

꼬박 밤을 지낸 자만이 새벽을 볼 수 있다.

보라, 저 황홀한 지평선을!

우리의 새날이다.

만세,

나는 너다.

만세, 만세

너는 나다.

우리는 全體다.

성냥개비로 이은 별자리도 다 탔다.

추상적 민중에서 일상적 타자로
넘어가는 고단함
──『나는 너다』를 되풀이해 읽어야 할 까닭

정 과 리

> 멀리서 보면 똑같은 일과에 찌든 일개미들처럼 보이잖아.
> 가까이 가야 미소도 보고 농담도 들을 수 있지.
> ──빅 무니즈[1]

　26년의 세월이 흐른 지금 황지우의 『나는 너다』(풀빛, 1987)를 다시 읽으니, 그 시절 젊은 지식인들의 모습이 선연히 떠오른다. 그들의 고뇌와 열정, 선의와 의지와 절망, 행동과 고난과 착오들이 눈앞의 홀로그램으로 거대한 화염이 되어 타올랐다가 페이드아웃된다. 꺼지지는 않고 다만 희미해져간다. 마치 딱딱한 안개가 그 앞으로 끼어드는 것 같다. 희미해지며 윤곽이 뭉개지는 그 사이로 고문의 고통으로 낭하에서 구르는 황지우가 보인다. 타인의 감옥을 다시 들어가는 김정환도 보인다. 카프카

─────────────

1) 빅 무니즈Vik Muniz, 「쓰레기 하적장Waste Land」(Lucy Walker, 2010).

의 표정으로 무언가에 골몰해 있는 이성복도 거기에 있다. 눈썹 하나 까닥 않고 술을 마시다가 주정뱅이들을 끌고 자기 집으로 데려가 재우는 이인성도 있다. 허망한 표정의 최승자와 음전한 김혜순이 슬그머니 술집을 빠져나가는 모습도 보인다. 성민엽은 아예 오질 않았다. 분명 글 쓰고 있는 게다. 홍정선은 어디서 무엇을 하고 있는지 수배가 안 된다. 수배를 피해 인사동 탑골로 기어들어가는 김사인과 야단을 치지 않으면 속이 풀리지 않는 채광석이 엇갈려 스쳐 지나가고, 박인홍이 알아들을 수 없는 말을 중얼거린다. 김훈은 시대의 고통을 미문으로 포장하려 펜을 두드리고 있다. 장석주는 솟아나는 아이디어를 주체하지 못해 사업을 확장하고, 박영근은 어딘가에서 공술을 먹고 있을 것이다. 김영승은 "외설 시인 김영승입니다"라고 자신을 희롱하고, 윤재걸은 르포도 문학이라는 걸 인정받기 위해 월간지를 개조한다. 윤재철과 김진경은 고개를 맞대고 속삭이고 있다. 임철우는 광주에서 제주도로 이사하고 최수철은 여전히 따로 놀고 있다. 권오룡이 외로움을 곱씹고 있는 반포의 한 카페에서 이창동과 황지우가 대선 후보를 두고 입씨름을 한다. 그 옆에서 졸다가 느닷없이 봉변을 당한 나도 한구석에서 무표정을 가장하기 위해 애쓰고 있다(혹시 이름이 누락되어서 화가 난 분들은 알아서 채워 넣으시길. 이 자리가 1980년대 인물들을 추억하는 자리는 아니니.)

이들은 이제 어디에 있나? 누군가는 죽었고 누군가는 지금도 꾸준한 필력을 과시하고 있다. 그리고 대부분은 이제 글을 쓰지 않는다. 혹은 다른 글을 쓰고 있다. 그때는 손으로건 입으로건 혹은 슬로건 모두가 왕성히 글을 쓰고 있었다. 물론 그들의 글은 저마다 달랐다. 달랐지만 한 가지 공통점이 있었다. 근본성의 정념에 사로잡혀 있었다는 것. 그들에게는 세상이 전부 아니면 무(無)였고, 전부를 차지하려고 무에 악착같이 매달렸다. 무 외에는 전부를 보장할 수 있는 게 없었기 때문이다. 세상은 치욕이고 화엄이었고, 나는 파리이고 불의 전차였다. 그로부터 얼마 후 민중문학이라는 이름을 달게 될 것이 융기하더니 폭발했고, 그로부터 한국문학 사상 가장 혹독한 언어의 산티아고가 절벽 쪽으로 길을 내고 있었다. 그들은 세상과 함께 싸웠지만 동시에 서로에 대해서도 끔찍하게 싸웠다. 그들은 서로를 증오하고 동시에 두려워했다. 그들이 서로 사랑을 했다는 증거는 그들이 자주 모여 폭음을 일삼았다는 한 가지밖에 없다. 그리고 이제 그들이 낸 문학의 길은 실종되었다. 그들만이 그 세상을 연 것은 아니지만 어쨌든 그들이 그 틈을 내기 위해 안간힘을 썼던 새 세상이 오자 다른 문학이 대문자 '문학'의 자리를 차지했다. 더 이상 근본성의 정념에 사로잡힐 까닭을 모르는 문학이. 세상의 역설을 한탄할 수도 있겠으나 그들에게도 책임이 있었다. 연장된 군부독재와 마음속으로 싸우느라고 진을 다 빼버렸는지, 아니면, 새로운 시대 앞에서 자기 언어의 무기력에 당황했는지 그것도 아니면 불현듯 사라진 군부독재 정권에 대해서가 아니면 글을 쓰고 싶지 않았기 때문인지 모르겠으나, 상당수가 글쓰기를 자발적으로 포기했던 것이다. 아니 좀더 정확하게 말해 그들이 글을 쓰지 않았던 것은 아니다. 그때에도 펜으로 글을 썼다기보다 입으로, 술로 글을 쓴 비율이 더 컸으니까. 어쩌면 자신들에게 강요된 퇴각을 그냥 방치해버린 데에 그들의 책임이 있다고 할 수도 있다.

그런데 그들은 정말 자신을 방기하고 말았던가? 분명 오늘까지도 쉼없이 글을 쓰면서 세상과 싸우고 있는 몇몇 사람은 나의 말에 단호히 '노'라고 할 것이다. 나는 이미 그들의 글이 그 이후의 문학과 어떻게 다른 방식으로 세상과 싸우는지를 살펴본 바 있다. 그러나 현실사회주의의 몰락 이후 혹은 욕망 사회의 도래 이후 붓을 포기한 사람들의 경우라 할지라도 1980년대의 막바지에서 정지된 그들의 작업은 시효가 상실되었을까?

황지우의 『나는 너다』는 그 답변을 찾아보기 위해 톺아볼 가장 좋은 시금석 중의 하나이다. 이미 두 권의 시집으로 1980년대 대표 시인 중의 한 명으로 떠오른 시인이 그 시대의 막바지에, 혹은 그 시대의 결과이자 새 시대의 신호탄이 될 6월 항쟁과 거의 같은 시기에 펴낸 시집이다. 처음 출간되었을 때는 앞서의 두 시집보다 훨씬 큰 화젯거리가 되었으나 비평적 해석과는 오히려 동떨어진 채로 있었다. 바뀌어버린 지평선이 이 시집에 눈길을 머무르게 할 시간을 축소시켜버린 건지, 아니면 시집 자신이 비평의 기대 지평을 비껴가고 있었던 건지…… 그것도 아니면 1980년대의 종결과 함께 후방으로 물러난 출판사의 운명을 함께 나눈 건지……? 나는 『나는 너다』의 내적 동인을 야짓 살펴보는 긴 작업을 돌아서 그에 대한 암시를 얻어보고자 한다. 그럼으로써『나는 너다』가 씌어진 까닭과 씌어지는 과정이 당대의 문제 틀의 한계 혹은 가능성과 어떻게 맞물려 있는지를 알아보고자 한다. 가능하다면 이를 통해 시집이라는 하나의 개별성과 시대의 일반성을 동시에 구출할 수 있는 길의 단서를 얻는다면 더 바랄 나위가 없을 것이다.

1. 형태 파괴의 시인 황지우

『나는 너다』가 출간되었을 때, 세상은 다시 한 번 황지우의 창안적 기발함에 술렁대었다. 황지우는 이미 첫 시집『새들도 세상을 뜨는구나』(문학과지성사, 1983)에서 '시작 메모'라는 이름하에 씌어진 불연속적 문장들의 뭉치를 한 편의 시들로 올렸는가 하면, 글자들을 형상적으로 배열하고 신문기사를 그대로 옮겨 오거나 만평을 오려 붙이는 작업들을 통해, 통상 시라고 이해되던 것들과 그렇지 않은 것들을 뒤섞어버림으로써, 형태 파괴적인 시인으로 자신을 각인시킨 터였다. 그래서 김현은 그의 첫 시집 해설 첫머리에서 "황지우의 시는 그가 매일 보고, 듣는 사실들, 그리고 만나서 토론하고 헤어지는 사람들에 대한 시적 보고서"라고 지적한 다음, "그 다양함은 우리가 흔히 시적 형식이라고 믿고 있는 것들을 부숴버린다"[2]라고 말했었는데,

---

2) 김현,「타오르는 불의 푸르름」, 황지우『새들도 세상을 뜨는구나』해설, 문학과지성사, 1983. 인용은『젊은 시인들의 상상세계/말들의 풍경』, 김현문학전집 6,

이 언급은 곧바로 같은 필자가 『한국문학의 위상』에서 했던 유명한 발언:

힘있는 문학은 그 우상을 파괴하여 그것의 허구성을 드러낸다. 다시 말하거니와 우상을 파괴해야 한다는 높은 소리에 의해서가 아니라, 억압하지 않는 것이 있다는 것을 보여줌으로써, 아도르노의 표현을 빌면 파괴 그 자체가 됨으로써, 문학은 우상을 파괴한다. 김정한이나 신동엽의 저 목청 높은 구투의 형태 보존적 노력보다, 최인훈이나 이청준, 김수영이나 황동규·정현종의 형태 파괴적 노력을 높이 평가하지 않을 수 없는 것은 그것 때문이다.[3]

를 떠올리게 해서, 황지우는 곧바로 '형태 파괴' 시의 전위로서 주목받기 시작했으며, 시인 또한 김현의 해석을 적극적으로 받아들여 훗날 오늘날까지도 문젯거리로 남아 있는 산문 「시적인 것은 실제로 있다」[4]에서 "나는 말할 수 없음으로 양식을 파괴한다. 아니 파괴를 양식화한다"는 명제를 도출해내는 데까지 이르

문학과지성사, 1992, p. 113에서 가져왔다.

3) 김현, 『한국문학의 위상』, 문학과지성사, 1977; 『한국문학의 위상/문학사회학』, 김현문학전집 1, 문학과지성사, 1991, p. 37.

4) 황지우, 『사람과 사람 사이의 신호』, 한마당, 1986. 이 제목의 '실제'는 '실재'로 고쳐야 옳다는 게 내 생각이다. '실제(實際)'는 '사실상' '정말로'라는 뜻의 부사이다. 반면 '실재(實在)'는 '진정으로 존재하는 것'이라는 뜻의 명사이다. '시적인 것은 실제로 있다'는 것은 단순히 시가 환상이 아니라는 것을 가리키지만, '시적인 것은 실재로 있다'는 '시적인 것'이 세상에 모습을 드러내고 있는 시들과 무관하게 혹은 그것들에 앞서서 존재한다는 뜻이다. 황지우의 글이 의미하고 있는 것은 실제 후자의 뜻이다.

렸었다.

두번째 시집 『겨울-나무로부터 봄-나무에로』(민음사, 1985)에서도 그의 해체적 경향은 여전했고 어떤 점에서는 더 무르익어서, 독자들은 황지우의 시에 꽤 적응하고 있었다.

그리고 2년 후, 『나는 너다』에서 그의 형태 파괴적 경향은 극단화되고 있었다. 우선 각 시편의 제목이 의미를 알 수 없는 숫자로 이루어졌고, 그 숫자들의 배열은 무질서했다. 형태 파괴가 의미 파괴로 나아간 듯이 보였다. 각 시편의 본문에선 그 전 시집들이 보여주었던 '보고서'의 형식은 말끔히 사라진 반면, 압축된 서정적 표현이 대종을 이루었다. 하지만 그 시편들의 의미는 해독이 쉽지 않았는데 그것은 난해한 상징이나 복잡한 은유 때문이 아니라 사유의 흐름이 불연속적인 단편들로 뚝뚝 끊어져서 의미를 '구성'하기가 어려웠기 때문이다. 가령 다음 시를 보자.

시리아 사막에 떨어지는, 식은 석양.
낙타가 긴 목을 늘어뜨려
붉은 天桃를 따 먹는다.
비단길이여,
욕망이 길을 만들어놓았구나.
끝없어라, 끝없어라
나로부터 갈래갈래 뻗어갔다가
내 등 뒤에 어느새 와 있는 이 길은.

──「126-2」〔5〕전문[5]

이 시의 의미를 이해하기란 어렵지 않다. 간단히 요약하면 (1) 해는 지고 사막은 아득하기만 하다; (2) 그러나 낙타는 그 사막에 비단길을 냈다; (3) 그 길은 '욕망'이 만든 것이다; (4) 내 욕망은 어지럽게 분출하는데, 그러나 지나고 나면, 내가 지금까지 걸어온 삶의 길을 낸 것이다,가 된다. 이 시를 시답게 하는 것은 우선, 이 의미의 연속체를 지탱하는 명제가 한가운데에 놓여서 첫 세 행의 낙타의 행로와 마지막 세 행의 내 삶의 길을 은유적으로 연결시키고 있다는 형태적 특성인데, 그러나 이 시의 매력은 이 형태적 특성보다 그 가운데 놓인 명제, 즉 "비단길이여,/욕망이 길을 만들어놓았구나"의 직관적 통찰이다. 이 한마디가 독자의 의식을 순간적으로 씻으며 고단한 삶의 보람을 깨닫게 한다. 『나는 너다』의 시편들에는 이런 잠언 투의 통찰이 산재해 있다. "길은,/가면 뒤에 있다"(「503」[1]), "바

---

5) 『나는 너다』의 시편들 제목은 모두 숫자로 이루어져 있다. 이 숫자의 의미는 분명치 않다. 혹자는 당시의 버스 노선 번호와의 연관성을 언급하기도 했으나, 그런 해석은 「289」를 비롯한 몇몇 시에 대해서만 유의미하다. 또 「518」은 광주민주화운동의 날짜에서 그대로 가져온 것인데, 이런 방식도 모든 시에 다 통용되는 건 아니다. 나는 시인이 '후기(시인의 말)'에서 "제목을 대신하는 숫자는 서로 변별되면서 이어지는 내 마음의 불규칙적인, 자연스러운 흐름 이외에 아무것도 아니다"라고 한 말에서 단서를 찾았지만, 이 '마음의 불규칙적인, 자연스러운 흐름'의 실체를 끝내 파헤칠 수 없었다. 이 진술을 근거로 숫자를 심리적 고양(혹은 행복감)의 지수로 유추하여 대입해보았는데, 전반부에서는 그 유효성을 확인할 수 있었지만 후반부, 정확히 44번째 시 「5」에서부터는 전혀 맞지 않았다. 훗날 보다 조직적인 운산을 할 수 있는 사람에 의해서 이 수의 비밀이 밝혀지기를 기대하거니와, 현재로서는 이 '마음의 흐름'이 '시의 흐름'을 이해하는 데 방해가 되고 있는 게 분명해, 제목에 이어 꺾쇠부호([ ]) 안에 수록 순서를 적기로 한다.

람이, 비단 같다, 길을 모두 지워놨구나"(「126」[3]), "전갈은
독이 오를 때/가장 아름다운 색깔을 띤다"(「93」[9]), "不在가
우리를 있게 했다"(「107」[13]), "쓰시마 해협을 통과하는 핵
잠./물에 '기쓰(きず)' 난다"(「70」[22]), "사제 목에 걸린 철
십자가에 못 박힌 노동자./〔……〕/이 짐승들아,/가슴을 친다
고 그게 뽑혀지느냐"(「102」[25]), "거미는 함정을 집으로 하여
산다"(「116」[77]). 일일이 다 예거할 수는 없다. 앞부분만 훑
어보아도 거의 모든 시가 이러한 잠언 투를 포함하고 있다.

이와 더불어 문자의 간단한 조작 역시 비슷한 직관적 인식의
효과를 낳는다. 가령

　　　모래내, 沙川을 넘어 구로동으로 가자.

　　　　　　　　　　　　　　　　　　　　——「92」[8]

같은 시구에서, 모래내를 한자어로 치환해서 한자로 되풀이해
서 쓴 경우가 그렇다. 여기에서 '모래내'라는 한글은 한편으론
그 어감의 부드러움 때문에 다른 한편으론 익숙한 문자에 대한
감각적 자동성 때문에 황량한 느낌을 주지 않는다. 그것을 한자
어, '沙川'으로 다시 쓴 것은, 그러한 지각의 자동화를 막고 그
어사를 낯설게 느끼게 함으로써 '모래내'가 '사막을 연상시키는,
모래가 바닥에 깔린 메마른 개천'이라는 것을 의식케 하고, 이
어서 나오는 "구로동으로 가자"[6]라는 청유에 의해서, 이 '모래
천'이 노동자의 삶에 가닿지 못하는 지식인의 황폐한 마음을 가

리킨다는 것을 깨닫게 한다. 그렇다면 한글 "모래내"는 왜 쓰였는가? 그것을 아예 삭제하고 "沙川"만 쓰는 게 어떠한가? 그렇지 않다. '모래내'는 그 이름에 의해서 정확한 현실적 지시성을 갖는다. 즉 사실 효과가 작동하는 것이다. 내 마음의 황폐함은 관념 속에 있는 게 아니라 지극히 현실적인 것이다, 라는 걸 그것은 또렷이 전달한다. 빈번히 등장하는 한자들은 이처럼 '낯설게 하기'의 효과를 중개로 실제로는 감각적 구체성을 전달하는 데에 더 유력하게 기능한다.

이상은 『나는 너다』의 개개 시편이 정서적으로나 논리적으로나 정돈된 형태를 갖추고 있다는 것을 짐작케 한다. 그러나 대체로 각 시편의 생각과 느낌은 아주 짧은 시간성만을 확보하고 있어서 그 흐름이 다 이어지지 못하고 끊겼다는 느낌을 갖게 하며, 또한 앞뒤 시편들과의 연속성이 확보되지 않아 각 시편이 마치 파편처럼 던져져 있다는 인상을 준다. 방금 살펴본 첫 시 「503」은 구조적으로 완결성을 갖추고 있다. 그러나 두번째 시 「187」은 첫 시와의 단절이 심하다. 「503」은 "우리 마음의 지도"에 근거해 사막을 건너겠다는 의지를 표명하고 있는 반면, 「187」은 돌연 '방울뱀'의 경보에 대해 말함으로써 독자를 어리둥절하게 한다. "사람을 만날 때마다/나는 다친다./풀이여"라는 구절은 이 경보가 동행이 유발할 수 있는 갈등과 그 갈등으로 인한 상처를 가리키며, "풀이여"라는 마지막 시행은 그런 상

---

6) 지금은 '디지털 단지'가 들어서 있는 '구로동'엔 당시 '구로공단'이 들어서 있었다.

처에도 불구하고 동행자의 존재에 대한 바람을 무의식적으로 표출하고 있다고 짐작할 수 있는데, 이 암시적으로 처리된 반전 자체가 당혹스럽고 게다가 이 순간적으로 스쳐 지나가는 생각이 어떤 생각의 흐름 가운데 지극히 짧은 동강으로 비쳐져서 의미론적 긴장을 경직시킨다. 그러고 나서 다시 시인은 다음 시편 「126」에서 '사막 건너기'의 주제로 돌아가는데, 첫 시와는 달리, 일부러 완결성을 무너뜨리고 있다.

> 나는 사막을 건너간다.
> 나는 이미 보아버렸으므로.
> 낙타야, 어서 가자.
> 바람이, 비단 같다, 길을 모두 지워놨구나.

마지막 네 행이다. "나는 사막을 건너왔다"로 시작한 이 시는, 사막을 건너왔다는 것이 사막에서 무슨 일이 일어났는지 "보아버렸"다는 뜻임을 암시하면서, 그것을 보아버렸기 때문에 이제 다시 사막을 건너가야 한다(이제는 보는 것과는 다른 방식으로)는 의지를 드러낸다. 그러니까 '건너왔음으로 건너간다'는 역설은 일상적 인식을 넘어서는 깊이를 가지고 있다고 할 수 있는데, 마지막 행에서 화자는 느닷없는 발언으로 그 깊은 인식 자체를 다시 한 번 뒤흔든다. "바람이 〔……〕 길을 모두 지워" 놓았다는 것이다. 그 사이에 놓인 "비단 같다"는 '바로 그래서 비단길이다. 비단길의 진정한 의미는 거기에(길을 모두 지운다는 데) 있다'는 뜻을 함의한다. 즉 사막에서 길은 언제나 새로 시작하는 것이며, 따라서 내가 '본' 사막의 길은 내가 가야 할 길의 표본이 될 수 없다는 것이다. 그렇다면 내가 '본' 길은 내가 갈 길에 대해 어떤 참조의 기능을 할 수 있을 것인가? 그것은 이 시에서 암시되지 않으며 오로지 시의 미래에 그 답이 있을 것이다. 길은 "가면 뒤에 있"(「503」)으니까. 따라서 시인은 이 짧은 네 행 안에 반전을 두 번이나 포함시키면서, 동시에 그 마지막을 미결로 처리함으로써 이해의 완성을 방해한다.

2. 서정시인 황지우

『나는 너다』의 특이한 형태적 양상은 황지우 시에 대한 몇 가지 새로운 이해에 대한 암시를 제공한다. 우선 개개 시편이 비교적 정돈되어 있다는 것은, 그가 형태 파괴를 선호하는 시인이라기보다는 서정시인에 가깝다는 암시를 준다. 김현은 이미 그의 초기 시들을 세 계열로 나누면서 마지막 계열을 "짙은 서정성의 계열"로 정리하고 "그 서정성은 새로 태어나고 싶은 물소리, 엿듣는 풀의 누선, 저 타오르는 물은 얼마나 고요할까 따위의 이미지가 보여주듯, 시인의 시선이 갖고 있는 정일성에서 연유한다. 그의 서정성은 감각적인 것도 아니며, 관능적인 것도 아니며, 꿈꾸는 자의 몽상이 갖는 안온함에 가깝다"[7]라고 풀이했으며, 그 글의 제목을 아예 「엿듣는 자의 누선」으로 정했다.[8]

김현이 그 글에서 황지우 초기 시의 시적 성취를 두번째 계열, 즉 "일상적인 삶에 매몰된 자아"에 대한 "과장이 적절하게 지적인 통제를 받아" "야유·풍자·유머로 변용되어 나타나는 계열"에서 보고 있는데도 불구하고 글의 제목을 그렇게 정했다는 것은 그가 직관적으로 황지우의 생래적 기질을 알아차렸기 때문이 아닐까?

황지우의 시적 기질이 전위적이라기보다 서정적이라는 가정은 그의 '형태 파괴'가 서정적 기질의 표출의 불가능성 때문에 불가피하게 나타난 인위적 조작이 아닐까 하는 의혹을 불러일으킨다. 그 의혹이 머리에 떠올랐을 때 독자는 거의 실시간으로 그의 발언, "말할 수 없음으로 나는 양식을 파괴한다"를 연상한다. 그러니까 그는 시적으로 말하고 싶었지만 그것이 불가능해서 스스로도 당연시해오던 시적 양식, 즉 서정적 양식을 파괴해야 했던 것이다?! 그리고 이 발언의 두 절을 대등하게 받아들

---

7) 김현, 「엿듣는 자의 누선」, 『젊은 시인들의 상상세계』, 김현문학전집 6, 문학과 지성사, 1992, p. 112.

8) '엿듣기'가 서정적 감각의 근본에 속한다는 것은, 박목월의 시 「윤사월」에서의 "산지기 외딴 집/눈 먼 처녀사//문설주에 귀 대고/엿듣고 있다"라는 구절을 상기하는 것으로 충분할 것이다. 또한 존 스튜어트 밀John Stewart Mill의 유명한 발언, "웅변은 듣는 것이고, 시는 엿듣는 것이다"(『시와 그 변형들에 대한 생각 *Thoughts on Poetry and its Varieties*』, 1859)도 새겨둘 만하다. 이에 대해서, 스콧 브루스터Scott Brewster는 "서정시는 살아 있는 인물처럼 행동하면서 누가 듣는가는 잊어버리기 일쑤인 진짜 화자 앞에 우리를 세워놓는 것처럼 여겨진다. 수신자는 종종 없거나 아니면 기껏해야 가정될 뿐이다. 독자/청취자는 엿듣거나 아니면 화자 혹은 수신자와 상상적으로 동일시해야만 한다"(『서정 *Lyric*』, London: Routledge, 2009, p. 35)라고 설명한다.

인다면, 그의 시는 서정적인 시로부터 형태 파괴적인 시로 나아 갔다기보다는, 오히려 서정적 기질과 형태를 파괴하려는 기도 사이의 끝없는 불협화음과 긴장 속에서 진동하고 있었다고 보는 게 타당할지도 모른다.

실로 황지우가 다양한 형태 실험 중에서도 끊임없이 서정적 인 시를 완성하려고 애썼다는 것은 꽤 많은 증거가 입증한다. 우선 그의 첫번째 시집의 표제시인 「새들도 세상을 뜨는구나」는 현실을 벗어나고 싶다는 감상적인 마음을 아주 선명한 영상으로 정제시켜 반성적 인식을 끌어낸 작품이었다. 이 작품은 완미한 서정시였다. 그것은 또한 그의 서정성이 김현이 지적한 "꿈꾸 는 자의 몽상"으로부터 계속 진화했음을 알려준다. 황지우의 두 번째 시집에서 가장 대중적인 인기를 누린 시편은 표제시 「겨 울-나무로부터 봄-나무에로」였는데, 그 역시 형태 파괴적이 아니라 형태적 완결성을 갖춘 작품이었다. 독자의 기억으로 이 시는 아주 큰 반향을 일으켜서 같은 이름의 카페가 서울 시내에 여러 군데 간판을 달았었다. 이 시가 가진 매력이 무엇이었던 가? 여린 감성을 현실 극복의 의지로 바꾸는 데 성공했기 때문 이다.

그럼에도 불구하고 황지우가 형태적 실험을 거듭했다는 것은 또한 무엇을 말하는 것일까? 사실 황지우 시의 가장 큰 비밀은, 그리고 『나는 너다』의 근본적인 동인은 여기에 숨어 있다고 할 수 있다. 왜냐하면 『나는 너다』의 개개 시편은 가장 압축된 감 성의 만화경을 보여주는 듯하지만 실상 그 시편들 자체가 안으로 동강 나 있거나 그 시편들 사이가 단절되어 있는 경우가 태반이기 때문이다. 이것은 그가 자신의 서정적 성취를 고의적으로 해찰하고자 하는 충동에 시달리고 있고, 그 충동을 새로운 시에 대한 의지로 바꾸었다는 것을 드러낸다.

무엇이 문제였던가? 그는 우선 「새들도 세상을 뜨는구나」에서 「겨울-나무로부터 봄-나무에로」로 나아갔다. 독자는 거기에서 서정성의 강화라는 욕구가 작동했다는 것을 쉽게 짐작할 수 있다. 「새들도 세상을 뜨는구나」는 새들의 비상과 '우리'의 좌절을 대비시키고 있는 시이다. 거기에서 자연은 나의 아이러니로서 기능한다. 반면 「겨울-나무로부터 봄-나무에로」는 추위에 대한 나무의 저항과 승리를 그대로 묘사함으로써 그것을 '나'의 삶에 대한 암시로 만든 시이다. 자연과 나 사이에는 가정적 일치가 설정되며, 그로부터 나의 의지와 현실 극복에 대한 믿음이 시 안에 채워진다. 이 시가 대중의 호응을 받았던 것은 시가 충족시키는 믿음이 독자에게로도 흘러들어갔기 때문일 것이다. 그 유통을 가능케 하기 위해, 「겨울-나무로부터 봄-나무에로」는 '자연과의 동화'라는 서정시의 공식이 깔고 있었던 전제인 '현실과의 단절'을 폐기했다. 그리고 '자연과의 동화'를 현실 안으로 투영했다. 즉 그것을 '현실의 심리적 반영'으로 만들었다. 그것이 서정시에서 파생한 민중시의 새로운 문법이었고, 황지우가 그것의 가장 중요한 주추를 놓았다고 우리는 감히 말할 수 있다. 우리는 오늘날 그러한 문법의 통속적인 양태를 자주 본다. 뿐만 아니라 정치적인 용도에 빈번히 쓰이고 있는 현상도 본다. 심지어 선거에서 당가(黨歌)로 쓰이기도 한다. 그러나 이러한 문법이 오로지 황지우에게서만 비롯되었다고 할 수는 없다. 우리는 이미 박용철의 시에서도 비슷한 예를 확인할 수 있었다. 시의 자리는 "한갓 고처"라고 역설했던 그 사람에게서 말이다.

어쨌든 「겨울-나무로부터 봄-나무에로」가 보여준 이 변모는 보는 관점에 따라서는 시의 새로운 승리로 받아들여질 만한 것이었다. 그러나 정작 시인은 그렇지 못했던 것 같다. 그가 그것을 승리로 받아들였다면, 그는 민중적 서정시의 세계로 선회했을 가능성이 크다. 그런데 『나는 너다』에 와서 그는 서정성에 대한 성향을 그대로 지속하면서도 그것들을 파편화하고 불연속적으로 배열했다. 왜 그랬을까? 시인이 「겨울-나무로부터 봄-나무에로」의 성취에 대해 무의식적으로 저항했다고밖에는 달리 설명할 길이 없다. 무엇이 문제였을까? 시를 직접 읽어보기로 하자.

> 나무는 자기 몸으로
> 나무이다
> 자기 온몸으로 나무는 나무가 된다
> 자기 온몸으로 헐벗고 영하 13도
> 영하 20도 지상에
> 온몸을 뿌리 박고 대가리 처들고
> 무방비의 裸木으로 서서

두 손 올리고 벌받는 자세로 서서

아 벌받은 몸으로, 벌받는 목숨으로 기립하여, 그러나

이게 아닌데 이게 아닌데

온 魂으로 애타면서 속으로 몸 속으로 불타면서

버티면서 거부하면서 영하에서

영상으로 영상 5도 영상 13도 지상으로

밀고 간다, 막 밀고 올라간다

온몸이 으스러지도록

으스러지도록 부르터지면서

터지면서 자기의 뜨거운 혀로 싹을 내밀고

천천히, 서서히, 문득, 푸른 잎이 되고

푸르른 사월 하늘 들이받으면서

나무는 자기의 온몸으로 나무가 된다

아아, 마침내, 끝끝내

꽃 피는 나무는 자기 몸으로

꽃 피는 나무이다

　　　　　　　—「겨울-나무로부터 봄-나무에로」 전문

이 시의 매력은 굴종의 자세를 그대로 항거의 자세로 뒤바꾼
데에서 나온다. 형상은 하나도 변하지 않은 채로 아래로 향하던
힘이 그대로 위로 솟구쳐 오른다. 굴종의 노역이 지고 있는 무
게를 그대로 항거의 에너지로 변환시킨 것이다. 그렇게 "아아,
마침내, 끝끝내/꽃 피는 나무는 자기 몸으로/꽃 피는 나무"가

된다. 나무는 항상 꽃 피는 나무이다. 꽃 지고 있을 때조차 그렇다. 다시 말해 나무는 이미 솟아오르는 나무이다. 이 시의 대중적 매력은 그러니까 가장 연약할 때조차도 가장 강한 에너지를 내장한 것으로 느끼게끔 하는 데 있다. 그것이 형상의 불변성을 바탕으로 한 벡터의 역진이 자아낸 효과이다. 그런데 이러한 극적인 반전을 가능케 한 것은 무엇인가? 놀랍게도 그것은 제10행의 "이게 아닌데 이게 아닌데"라는 부정어 단 하나이다. 마지막 네 행을 실질적인 결어로 간주한다면, 제10행은 이 시의 한가운데에 위치한 중심점이다. 이 중심점이 곧 반환점이 되어 부정적 세계를 긍정적 세계로 돌변시킨다. 희한한 도상거울이다. 의혹의 감탄사를 두 번 외치니 세상이 통째로 바뀌었다.

현실이 이렇게 반전하는 경우는 없다. 언어가 그런 믿음을 줄 수도 없다. 그런데 현실의 좌절을 보상하는 게 언어의 기능인지라(그래서 언어는 꿈이다), 사람들은 그런 믿음을 언어에 바라기가 일쑤다. 이 반전은 그러니까 사람들의 소망을 최대한 충족시키기 위해 언어의 보상적 기능을 최대한으로 과장한 것이다. 그럼으로써 언어가 할 수 있는 한계를 넘어서버린 것이다. 언어가 현실을 대체할 수는 없다는 그 한계를. 언어가 현실을 대체한다면, 사람들은 저마다의 광태 속에 빠져 영원히 헤어나오지 못할 것이다.

3. "말할 수 없음으로 나는 파괴를 양식화한다"

　시인은 따라서 가장 극적인 성취의 순간, 그것을 부수고 나오지 않을 수 없었을 것이다. 독자는 그러한 시인의 회귀를 두 가지 방향에서 확인할 수 있다. 하나는 『나는 너다』의 도입부를 살펴보는 것이고, 다른 하나는 유사한 주제를 다루는 시편들을 통한 비교이다. '서시'로 기능하는 「503」이 "길은,/가면 뒤에 있다"는 잠언을 핵자로 한 사막 순례의 의지를 다지는 길임은 이미 보았다. 또한 잠언들이 서정적 압축의 역할을 한다는 것도 살펴본 바 있다. 그런데 이 압축은 충만하지가 않다. 그것은 언뜻 보아서는 길의 '있음'에 대한 신뢰를 심어주는 듯이 보인다. 그런데 자세히 읽어보자. "길은" 하고 말하고, 한숨 쉬고, "가면 뒤에 있다"라고 말해보자. 쉼표까지 느끼며 읽은 사람은 곧 '어떻게 가지?'라는 질문을 떠올리게 될 것이다. 그 질문과 함께 독자는 시 전체를 다시 되풀이해 읽는다. 그러면 곧바로 "지금 나에게는 칼도 經도 없다./經이 길을 가르쳐주진 않는다"는 앞의 두 행을 만난다. 그 두 행은 두 개의 부정을 연속으로 행하고 있다. 우선 "칼도 經도 없다"는 사실. 다음 "經이 길을 가르쳐주진 않는다"는 판단. 두번째 판단은 첫번째 사실의 근거로 읽을 수 있다. 경(經)이 길을 가르쳐주진 않기 때문에 나는 경을 버렸다,라는 뜻으로 말이다. 그러나 정말 그럴까? '칼'은 왜 버렸나? 당연히 '칼'은 애초부터 갖고 있지 않기 때문이다. 그런데 그렇다면 길을 가기 위한 참조 틀이 하나도 없다는 사실이 더 강조가 된다. 그렇게 읽으면, 의미는 '칼이 없어서 경을 찾았더니 경도 길을 가르쳐주지 않았다. 그래서 칼도 경도 없다'가 된다. 왜 사실의 확인이 먼저 나왔는가,를 깨달을 수 있는 대목이다. 그렇다면 어떻게 갈 수 있는가? 일단 가야지 "길이 있"을 테니까. 그에 대한 대답은 마지막 네 행에 나와 있다.

나는 너니까.
우리는 自己야.
우리 마음의 地圖 속의 별자리가 여기까지
오게 한 거야.

여기에서는 두 번의 긍정(주장)을 연속해서 행하고 있다. "나는 너다"라는 확언. 그리고 "우리가 (공통적으로 가지고 있는) 마음의 지도"가 있다는 주장. 첫번째 확언은 그다음 행에 근거하는데, 그에 의하면, '나는 너'인 까닭이 우리가 사랑하는 사이, 즉 연대하는 존재이기 때문이라는 것이다. 그리고 그 연대에 근거해서 '공통의 지도'에 대한 확신을 내세울 수가 있다. 결국 결론은, 우리가 같은 꿈을 꾸니까 이 연대의 힘으로 사막에 길을 내며 갈 수 있다는 말이다. 이러한 주장은 독자를 심리적으로 끌어당길 수 있으나 객관적인 근거를 제공할 수 있는 건 아니다.

여하튼 「503」은 약간의 결여를 포함한 채로 완결된 언어로 읽을 수 있다. 그렇다면 「겨울—나무로부터 봄—나무에로」의 완미함이 여전히 여기에도 작용하는 것인가? 그러나 이 '대충 채워진 언어'를 결정적으로 비워버리는 사건이 곧바로 일어난다. 바로 다음 시 「187」에서. 왜냐하면 이 두번째 시는 연대가 깨어지는 사태를 그대로 묘사하고 있기 때문이다. 나와 너는 하나이기는커녕 아예 서로에 대해 지옥이다. 「187」은 「503」의 대극이다. 그다음 시 「126」〔3〕은 이미 보았듯, 역전을 안에 품고 있는 시다. 「126-1」〔4〕에 와서 시인은 그 역전의 숨음이 안심이 안 되었는지, 전망 부재의 막막함을 외재화하고 있다. 그러곤 「126-2」〔5〕에 와서, 다시 희망을 끌어내는데, 이번에는 그 희망은 '연대'에서가 아니라 '욕망'에서 온다. 욕망은 연대를 보증하지 않는다. 다만 그걸 재촉할 뿐이다. 그런데 첫 시에서 제시된 대로 '연대'가 없으면 이 도정은 실패할 것이다(이에 대해서는 다시 말하기로 하자). 그래서 다음 시, 「130」〔6〕에서 "사식집이 즐비한 을지로 3가"(여기는 욕망의 거리다)에서 "尹常源路"(연대의 거리)를 떠올린 다음, 윤상원의 죽음을 통해 연대의 거리가 죽었음을 잠시 스쳐 생각하다가 곧바로 "살아서, 여럿이, 가자"라며 연대를 호소하는 외침을 터뜨린다. 그러나 이 청유는 말 그대로 주관적 소망이다. 그는 욕망이 연대를 가능케할 수 없다는 사실을 본능적으로 느끼고 있다.

사랑하는 이여,
이 길은 隊商이 가던 비단길이 아니다.
살아서, 여럿이, 가자.

라는 시행, 즉 연대의 길은 "隊商이 가던 비단길이 아니"라는 진술이 억제할 수 없는 감정의 언어로 솟아나고 있기 때문이다. '비단길'은 「126-2」에서 읽었듯 '욕망'이 만든 길이기 때문에, "이 길은 비단길이 아니"라는 것은 '이 길은 욕망으로 갈 수 있는 길이 아니다'라는 뜻이 된다. 그 길은 욕망으로 가는 길이 아니라 "살아서, 여럿이, 가"야 하는 길이다. 그런데 이 호소는, 바로 다음 시 「130-1」〔7〕에서 근본적인 부인 속에 사로잡힌다. "너무 가지 말자./너무 가면 없다!/너는 자꾸 마음만 너무 간다." 연대가 주관적 호소로 그칠 때 그것은 도로에 그친다는 것을 분명히 가리키고 있다.

이렇게 「겨울-나무로부터 봄-나무에로」의 상상적 승리는 서서히 무너져간다. 겨울-나무는 더 이상 봄-나무로 변신하지 못한다. 과연 「109-4」〔35〕에 와서, 나무는 「겨울-나무로부터 봄-나무에로」에서의 나무와 똑같은 포즈를 취하고 있으나 의지의 상징이라기보다 무기력의 상징으로 경멸당하며,

  당신은 게으른 나무예요.
  瞑想하는 포즈로 팔 벌리고 구걸하고 있어요.
                                         ─「109-4」 부분

「145」〔59〕에서 '겨울나무'는 전혀 다른 명상의 대상이 되고 있다.

눈 맞는 겨울나무 숲에 가보았다

더 들어오지 말라는 듯

벗은 몸들이 즐비해 있었다

한 목숨들로 連帶해 있었다

눈 맞는 겨울나무 숲은

木炭畵 가루 희뿌연 겨울나무 숲은

聖者의 길을 잠시 보여주며

이 길은 없는 길이라고

사랑은 이렇게 대책 없는 것이라고

다만 서로 버티는 것이라고 말하듯

형식적 경계가 안 보이게 눈 내리고

겨울나무 숲은 내가 돌아갈 길을

온통 감추어버리고

인근 산의 積雪量을 엿보는 겨울나무 숲

나는 내내, 어떤 전달이 오기를 기다렸다.

—「145. 12월의 숲」전문

  이 시에서 '겨울나무'(들)는 더 이상 솟구치지 못한다. "벗은"몸으로 벌 받고 있을 뿐이다. 그들이 할 수 있는 일이라곤 "다만 서로 버티는 것"이다. 그리고 그들은 "내가 돌아갈 길을/

온통 감추어버"린다.

봄-나무는 없고 길도 보이지 않는다. 그러니까 황지우는 「겨울-나무로부터 봄-나무에로」의 세계와 근본적으로 단절한 것이다. 지금까지의 분석에 의하면 그것은 그가 상황을 더욱 정직하게 바라보게 되었다는 것을 가리킨다. 그러나 그것만이 아니다. 이 정직한 시선을 통해 그는 무언가를 얻었다. 희망은 곧바로 주어지지 않으니 방법을 개발해야 한다는 깨달음이 그것이다.

4. '심리 지리' 위의 잠언과 묘사의 대위법

『나는 너다』는 그 깨달음의 실천적인 탐구 그 자체이다. 『나는 너다』는 한편으로는 이전의 시 세계를 반성적으로 해체하면서, 다른 한편으로는 새로운 시 형식을 찾아나서는 모험을 행하는 두 층의 흐름을 중첩시켜놓고 있다. 지금까지 보았듯 반성적 흐름은 그의 시적 형태가 점차로 시인의 본래적 심성에 맞추어가는 방향으로 수정되면서 주제의 변화를 유도해나가는 과정으로 이루어져 있다. 반면 그의 새로운 모험은 순수하게 존재론적인 것, 즉 형태의 변화가 그 스스로 주제를 형성하는 모험이다. 왜냐하면 그것은 새로운 삶의 개진이기 때문이다. 독자는 그 새로운 삶의 양상을 다음 몇 가지 항목으로 분류할 수 있을 것이다.

첫째, '길'의 형식. 이 '길'은 1980년대의 젊은 지식인들이라면 누구나 선택해야만 했던 것이다. 그들은 '광주'와 '군부독재의 반복'이라는 사태 앞에서 그들을 가르친 지식들이 무기력하게 패퇴하는 것을 바라보아야만 했던 세대였다. 준거 틀의 공백이 발생했고, 루카치의 "길이 시작되자 여행이 끝났다"라는 근대의 운명을 알리는 언명이 그들의 귀에 다른 울림으로 파고들었다. 물론 곧바로 다른 준거 틀이 난입하여 젊은이들을 휘몰아가지만, 이미 보았듯 『나는 너다』는 그런 유의 '자연발생적 부착'을 근본적으로 회의하는 데서 시작한다. 그것이 황지우의 정직성이다. 그로부터 순수한 '길'의 개척이 그의 과제가 되었다. 그 길은 그가 내야 할 길이었기에 "가면 뒤에 있"는 길이다. 그러나 어떻게 그 길을 낼 것인가?

시인은 두 가지 도구를 들고 나왔다. 하나는 "우리 마음의 地圖 속의 별자리가 여기까지/오게 한 거야"(「503」)라는 발언에 그대로 나타나 있듯이 '마음'이라는 도구이다. 즉 그의 길은 '심리 지리'로서 작성되는 것이다. 다른 하나는 "우리는 自己야"라는 직전의 시행이 가리키듯이 타자의 요청이다. 이 두 가지 도구는 사실 그 전에 이미 그가 가지고 있었던 것이다. 생각해보라. 「겨울-나무로부터 봄-나무에로」의 그 엄청난 반전이 순수한 마음의 작용의 결과가 아니라면 무엇이라고 말할 수가 있을 것인가? 또한 이 '나'를 '우리'로 즉각적으로 확대하는 볼록거울이야말로 황지우가 그 기본 도식을 제공한 게 틀림없는 이른바 '민중시'의 전가의 보도가 아닌가?

그러나 황지우는 이 상투적인 도구를 끌어와서 기능을 변환

한다. 이 기능 변환을 가능케 하는, 혹은 수행하는 구조가 바로 앞에서 말한 해체―구축의 동시성의 흐름 구조이다. 그것을 이제 구축의 면에서 살펴보기로 하자.

우선, '마음'의 문제. 이전의 시에서 그의 '마음'은 감정과 의지가 양극을 차지하고 있었다. 「새들도 세상을 뜨는구나」의 "우리도 우리들끼리/〔……〕/한세상 떼어 메고/이 세상 밖 어디론가 날아갔으면" 하고 중얼거리는 감정이 한 극을 차지하고, 「겨울―나무로부터 봄―나무에로」가 보여준 용솟음의 의지가 다른 한 극을 차지한다. 『나는 너다』에 와서 이 두 마음의 극은 각각 자신의 안티테제를 갖는다.

> 물 냄새를 맡은 낙타, 울음,
> 내가 더 목마르다.
> 이 괴로움 식혀다오. 네 코에 닿는
> 水平線을 나는 볼 수가 없다.
>
> ―「126-1」〔4〕 전문

를 보라. 감정으로서의 마음은 짙어질수록 강해지는 것이 아니라 오히려 스스로를 파괴하고야 만다. 왜냐하면 감정은 소망으로만 이뤄진 게 아니라 소망/고통의 동시성으로 이뤄졌기 때문이다. 의지로서의 마음 역시 일방적으로 진행되면 허무에 직면한다는 것을 독자는 이미 보았다. 시인이 "너무 가지 말자./너무 가면 없다!/너는 자꾸 마음만 너무 간다"(「130-1」〔7〕)라고 말했던 것을.

이로써 그의 마음은 양극이 아니라 네 극을 가지게 되었다. 이 네 극의 방위를 통해 진정한 심리 지리가 시작된다. 심리 지리는 이미 구획 지어진 거리와 블록 사이를 지나가는 게 아니다. 그렇다고 그것들을 몽땅 쓸어버리고 새로운 길을 내는 것도 아니다. 그것은 그것들의 엄연한 실체성을 인지적으로 경험하는 과정을 통해, 그 실질적인 의미가 장벽인 그것들의 복판으로부터 새로운 길의 청사진이 인화될 수 있는지를 가늠하는 일이다. 그의 심리 지리는 기 드보르의 "낯설게 하기의 실행과 만남의 조직적 선택, 미완성과 이동의 감각, 정신의 영상 위에 포개진 속도에 대한 사랑, 창안과 망각"을 통하여 "사회를 게임의 바탕 위에 세우며"[9], "시와 체험을 즉각적으로 일치시킴으로써, 도시의 초현실주의적 시화poetisation에 클러치를 넣어"[10] "도시들의 구축과 집단 무의식의 전복을 준비"[11]하는 심리 지리와는 달리 역동적이라기보다는 사색적이고 전복적이라기보다는 반성적이지만, 그 기본 태도는 동일한 범주에 속한다고 할 수 있다. '어긋나게 가기derive'라는 움직임의 방식 말이다.

황지우의 '어긋나게 가기' 혹은 '편류'는 드보르의 그것처럼 자유로운 일탈의 형태를 그리는 게 아니라, '반대로 어긋나는' 것이다. 마음에 고통을 가하고 의지에 허무를 준다. 그 반대가

---

9) Guy Debord, *Œuvres*, Paris: Gallimard, 2006, p. 121.
10) Vincent Kaufmann, "Introduction", *ibid.*, p. 76.
11) Guy Debord, *op.cit.*, p. 125.

158

어떻게 새로운 시작이 될 수 있는가? '사막'이 그 비결이다. 시집의 초입부터 시인은 '사막'과 '낙타'를 전면에 내세웠다. 낙타는 사막이기 때문에 자연스럽게 나왔다. 그러니 우선 물어야 한다. 왜 사막인가? 독자는 이미 "칼도 經도 없는" 자의 근거 없음을 읽었었다. 그런데 그 이상의 기능이 사막에게 있다. 바로 길을 지운다는 것. 앞에서 읽었던 시를 다시 읽어보자.

> 독수리 밥이 되기 위해 끌려가는 지아비, 제 새끼들.
> 무엇을 지켰고, 이제 무엇이 남았는지.
> 흙으로 빚은 성곽, 다시 흙이 되어
> 내 손바닥에 서까래 한 줌.
> 잃어버린 나라, 누란을 지나
> 나는 사막을 건너간다.
> 나는 이미 보아버렸으므로.
> 낙타야, 어서 가자.
> 바람이, 비단 같다, 길을 모두 지워놨구나.
>
> ─「126」〔3〕부분

정황은 황지우의 초기 시에서 아주 익숙한 것이다. 끌려가는 아비, 새끼들, 누군가의 밥이 되는 사람들. 그런데 시인은 그들이 '지키고 남긴 것'에서 새 삶의 가능성을 보지 않는다. 그 세상은 '흙'으로 돌아갔다. 그것을 '나'는 보았고, 본 이상, 그 삶은 이제 없다. 바람이 길을 모두 지워놓은 것이다. 이 문장을 조건절로 바꾸어보자. '바람이 부는 것은, 길을 모두 지운다는 조건에서이다.' 즉 새 삶이 운동하려면 과거의 흔적을 몽땅 무로 환원시키는 절차를 거쳐야 한다. 여기서 중요한 것은 부정(무로 환원하는 절차)을 긍정(새 삶의 운동)으로 바꾼다는 사실 자체가 아니다. 부정과 긍정의 분리가 중요한 것이다. 왜냐하면 이 분리를 통해서 부정은 긍정 속으로 빨려 들어가지 않고 부정/긍정의 끝없는 순환의 궤도가 발동하기 때문이다. 이 분리가 왜 중요한가? 분리되지 않았을 때 부정은 곧 긍정이 됨으로써 부정의 사태가 더 이상 숙고되지 않는다. 무기력이 곧바로 활력이 됨으로써 무기력했던 과거가 사라지는 것이다. 반면 분리가 일어나면 부정은 부정되어야 할 것으로 남는다. 그런데 그것은 그냥 부정되어야 할 것이 되지 않는다. 지우려고 결심할수록 부정의 사태는 남는다. 인용문의 첫 두 행의 엄연한 실존처럼. 남기 때문에 그것은 부정―긍정이 된다. 이 부정―긍정에 의해, 새 삶의 시작인 긍정은 긍정―부정이 된다. 왜냐하면 전자가 후자의 전망을 자꾸 훼방하기 때문이다. 그래서 사막에서 비단길을 연상한 다음, 곧바로 비단길을 부정한다.

사랑하는 이여,
이 길은 隊商이 가던 비단길이 아니다.
살아서, 여럿이, 가자.

―「130」〔6〕 부분

시집 전체가 바로 이 부정—긍정과 긍정—부정의 끝없는 교번으로 이루어져 있다. 그것을 방금 순환이라고 했지만, 여기에 단계가 없는 건 아니다. 이 나선 순환은 아주 점진적으로 대립의 양태를 바꾸어간다.

앞에서 보았듯, 이러한 대립의 가장 포괄적 형식이 서정적인 것과 해체적인 것의 중첩으로 이루어져 있다고 한다면, 독자는 이 대립의 언어 형태가 서정성의 최대의 압축으로서의 잠언과 형식 파괴의 현상태로서의 현실 묘사의 대립을 통하여 나타난다는 것을 곧바로 알아차릴 수 있을 것이다. 그리고 변화하는 양태 역시 잠언과 묘사의 형태와 기능이라는 것도 짐작할 수 있을 것이다.

실로 시집의 앞부분에서 잠언은 나의 전망을 지시하는 상징적 지시자로서 기능한다. "길은,/가면 뒤에 있다"가 가장 대표적인 상징적 지시자이다. 그리고 곧바로 뒤이어 현실 묘사가 나온다. "단 한 걸음도 생략할 수 없는 걸음으로/그러나 너와 나는 九萬理 靑天으로 걸어가고 있다"(「503」). 그런데 저 상징적 지시자는 내용이 부재한다. 길은 아직 없기 때문이다. 따라서 저 언명을 보장할 어떤 근거도 없다. 상징적 지시자는 텅 빈 기표이다. 바로 그것이 앞에서 긍정—부정이라고 말한 것이다. 반면 현실 묘사는 그 자체로는 전망의 막막한 부재를 나타내고 있지만(“九萬理 靑天”), 그러나 앞의 잠언에 기대어서 '마음의 지도'를 상정할 수 있게 된다(“우리 마음의 地圖 속의 별자리가 여기까지/오게 한 거야.”). 현실 묘사는 기의를 품고자 하는 기표이다. 그것이 부정-긍정이다. 이 긍정-부정/부정-긍정은 후자의 힘에 의해서 부정-긍정으로 요약된다. 그러나 이 시는 바로 이어지는 시의 긍정-부정과 대립을 이룬다. 시「187」〔2〕은 잠언이 생략된 대신, 현실 묘사만으로 이루어져 있는데, 이 현실의 부정성은 "풀이여"라는 마지막 행에 의해서 간신히 긍정의 지푸라기를 잡고 있다. '간신히'라는 말은 말 그대로의 의미를 갖고 있는데 왜냐하면 사람 사이의 상처를 묘사하는 자리에서 겨우 '풀'에게 구원을 요청하기 때문이다.

이렇다는 것은 『나는 너다』의 전체적인 구조가 긍정-부정/부정-긍정(혹은 거꾸로)의 대위적 구조의 끝없는 순환으로 이루어져 있다는 독자의 짐작에 대한 최초의 증거가 되며, 동시에 이 처음의 양태, 즉 잠언의 상징적 지시와 현실 묘사의 대위법이 점차로 해체되어갈 것임을 암시한다. 과연 상징적 지시자는 서서히 자신의 한계를 드러내는데, 그것은 그 지시성이 가정된 전망의 근거가 되지 못하기 때문이다. 즉 저 상징적 지시의 현물로서 제시된 것은 낙타가 낸 비단길인데, 그 비단길은 '욕망'이 낸 길이었던 것이다.

시인은 곧바로 내가 너와 하나가 되어 가고자 한 길이 결국 욕망의 길에 불과했던 것이 아닌가에 대한 회의에 부닥치게 된다. "우리는 夜光蟲인가, 異敎徒인가"(「86」〔10〕)라고 자문하는 시인은 사방에서 도착(倒錯)을 느끼게 된다. 그는 "정호승의, 서울의/예수가" 준 "빗자루"로 쓸어야 하는 게 "발밑의 무지개"(환상을 딛고 있다는)라는 걸 직감하는가 하면, 군부독재

정권이 허가한 "통금 해제" 덕분에 술 먹고 늦게 귀가한 날 집 앞에서 기다리고 있는 아내에게서 성녀와 창녀("나의 창녀 金마리아"——「88」〔12〕)를 동시에 떠올리고, 다른 삶을 살고자 하는 희망이 헛된 '날개'에 대한 몽상에 불과하다고 생각하게 된다.

> 네가 너의 날개를 달면
> 나에게 날아오렴.
>
> 바람이 세운 石柱 위 둥지에
> 지지지 타들어가는 내 靈魂이 孵化하고 있어.
> ——「40-2」〔16〕 부분

이런 해체 과정을 통해, 잠언과 묘사의 대위법은 묘사가 전면에 등장하고 잠언이 안으로 숨는 새로운 양태로 바뀐다.

> 번데기야, 번데기야
> 죽을 육신 속에서 얼마나 괴로웠느냐.
> ——「4」〔17〕 전문

이 시가 「40-2」의 형태를 뒤집은 것임을 유의할 필요가 있다. 「40-2」는 '날개'에 대한 환상이 헛됨을 폭로하는 시이다. 그런데 이 부정은 단순히 '날개 같은 건 없다'라는 단언을 취하지 않는다. 앞 인용의 두번째 연을 자세히 보자. 화자는 이렇게

말하고 있다: "칼이 없으면/날개라도 있어야" 한다고 '너'는 말하지만, '나'는 바로 그 날개에 대한 환상 때문에 이렇게 '석주'에 묶여 있다. 그 석주는 "바람이 세운" 것이다. '나는' 그 날개에 대한 환상이 세운 석주에 안온히 기대어("둥지 위에"), 내영혼은 지지지 타들어가며 부화한다. 그러나 부화하지만 날아가지 못한다. 왜냐하면 이 부화는 날개에 대한 환상에 근거하기 때문에, 부화하려 하면 할수록 환상은, 즉 석주는 강고해진다. 따라서 날개가 아니라 '칼'이 필요한 것이다.

이 시는 따라서 텅 빈 상징적 지시자가 현실을 결국 잠식해버리는 현상을 현실 묘사로써 제시한다. 잠언과 묘사 사이의 대위법의 해체가 극단까지 나간 상태이다. 이어져 나오는 「4」에서, 잠언은 거꾸로 현실 묘사 안으로 접혀든다. "죽을 육신"이 바로 "번데기야 번데기야/〔……〕 얼마나 괴로웠느냐"의 한정구로 숨어버리는 것이다. 이 시편에서부터 반전이 일어나 부정−긍정/긍정−부정의 교변의 형태가 나타난다. 「4」는 언뜻 보아서는 일방적인 부정의 묘사 같으나 궁극적으로는 이 번데기의 괴로움은 누구나 알고 있듯이 재생의 과정이다(부정−긍정). 반면 이어져 나오는 시 「518」〔18〕은 겉으로는 무등산의 위대함을 칭송하고 있으나, 그 칭송의 근거인 "거대한 兩翼"이 실은 "피문은 兩翼"이라는 현상을 적시함으로써 이 "불사조"의 위대함이 이미 성취된 위대함이 아니라 앞으로 이루어야 할 과제임을 암시한다(긍정−부정). 이렇게 잠언을 현실 묘사 안에 감싸는 시편들의 흐름은 "신림동 밤골 순대집 장 씨"의 강인한 생명력을 전하고 있는 「160」[29]까지 이어지는데, 이 생명력에 대한 찬탄은 '나'와의 극단적인 괴리감을 화자에게 안겨주면서 반전을 맞게 된다.

> 장 씨의 기반은 나무 바닥 밑으로 밤골 검은 또랑이
> 흐르는 순대집이 불린 연립주택 한 채야.
> 브랜드가 박힌 낙타 한 필에 얹혀서 걸어온 나의 길,
> 내 대그빡에 듬성듬성
> 버즘 핀 사막.
> 세상은 내 보폭에 자꾸 태클을 걸고
> 푹푹 빠지는 나의 기반, 나의 모래내.
>
> ─「160」 부분

현실의 발견은 나의 확신을 강화하는 것이 아니라 오히려 나에 대한 불신을 유발한다. 그리고 "브랜드가 박힌" 나에 대한 불신은 결국 장 씨의 생명력이 생존의 안간힘에 불과하다는 사실을 인지케 한다. 나의 "버즘 핀 사막"과 "밤골 검은 또랑이/흐르는 순대집"은 동의어인 것이다.[12]

이 정직한 직시 속에서 애초의 잠언/현실의 대위법은 생각/

---

12) 지나가는 길에 덧붙이자면, 여기가 그 자신이 기본 형식을 제공했던 민중시로부터 그가 결정적으로 등을 돌린 지점이다. 민중시는 지식인의 자기환상의 산물이다. 모든 민중시가 그런 것은 아니다. 그러나 그것이 지배적인 것만은 틀림이 없다.

현실의 대위법으로 바뀐다. 잠언은 가나안으로 우리를 인도하지 못하고 더러운 세상 속으로 처박는다.

> 배를 움켜잡고 적십자 병원을 찾아가는 젊은 임산부.
> 너는 태어나 영세민이 되는구나.
> ──「37」〔30〕 부분

생각의 출현은 '상징'의 무기력에서 비롯한다. "너는 태어나 ~이 되도다"의 잠언 투는 그대로 유지되지만, 그 내용은 잠언의 무게를 채우지 못한다. '~이'의 내용은 비참의 질료들로 메워지고, '~도다'의 영탄조는 '~구나'의 체념조로 바뀐다. 그러니까 여기에서 추락하는 것은 현실이 아니라 잠언 자체이다. 현실은 벌써 추락해 있고 그것은 변한 게 없다. 잠언이 그 현실을 위로 끌어 올리려 했지만 도로에 그친 것이다. 생각은 바로 잠언의 추락에서 발생한다. 의미화는 충만한 말에서 발생하지 않는다. 텅 빈 말만이 의미화를 발동시킨다. 생각은 그 공동(空洞)의 동굴이다.

이와 같은 방식으로 『나는 너다』의 시편들은 긍정─부정/부정─긍정(혹은 거꾸로)의 대위법을 또다시 대위법적으로 되풀이하면서 나아간다. 이 전개 과정의 하나하나를 음미하는 것은 독자에게 시 읽기의 고통과 환희를 동시에 안겨줄 것이다. 그러나 나는 이 자리에서 그 과정을 일일이 다 밝힐 생각은 없다. 이미 나는 해설의 과잉이라는 사태에 직면해 있고 여전히 나는 멈

출 수가 없다. 그 과정을 간단히 요약하기로 한다.

　(1) 잠언/묘사 (긍정－부정/부정－긍정):「503」〔1〕~「40-2」〔16〕

　(2) 현실 묘사 속에 숨은 잠언 (부정－긍정/긍정－부정):「4」〔17〕~「160」〔29〕

　(3) '나'의 생각/ '우리'의 현실:「37」〔30〕~「23」〔45〕

　(4) 인유로서의 자연:「18」〔46〕~「213」〔64〕

　(5) 역상징으로서의 현실:「138」〔65〕~「18」〔81〕

　(6) '나'의 수치/ '너'의 잉여 :「41」(82)~「289」(92)

　(7) '우리'의 충만(?) :「17」(93)~「1」(96)

　이 설계도에서 (7)은 따로 떼어놓을 필요가 있다. 이 마지막 부분은 (1)에서 (6)까지의 흐름 전체에 대한 갑작스런 반전을 보여준다. 그리고 이 반전은 제목의 목적론에 지배되고 있다. 이것도 대위법이라면 대위법이겠지만, 그러나 여기에는 매개가 없다.

　(7)을 떼어놓고 보면 (1)(2)(3)과 (4)(5)(6)이 대칭을 이루되, 계층 하락의 형태를 취하고 있음을 알 수 있다. (3)은 (1)(2)에서 진행된 상징의 추락이 '현실'에 대한 무지와 그에 대한 질문(생각)의 출현을 야기하는 한편, '생각하는 나'와 '현실을 살아가는 우리'를 또한 분리시켜서, '생각하는 나'를 근본적인 위기 속으로 몰아넣게 되는 상황을 그리고 있다. (4)는 이 '나'의 위기를 극복하기 위해 '자연'을 끌어들이는데, 이 자연은

(1)에서와 같은 상징적 지시자로서 존재하지 못하고, '인유'의 형식으로 '나'의 텅 빈 생각을 지원하는 기능을 한다. 가령,

> 관악산 新林이 일제히 중국 연변정 쪽으로 엎드려 운다.
> 내 關節에서 문짝이 심하게 흔들릴 때
> 벌과 나비, 숲새 들은 모두 어디로 잠적했을까.
>
> —「99」〔20〕 부분

와 같은 시구에서 '자연'은 반어적이긴 하지만 여전히 현실의 은유로서 작동한다("관악산 新林"은 학생 운동권의 의식을, "중국 연변정"은 마오쩌둥주의를 비유한다). 하지만

> 내 발가락이 발견한 마룻바닥의 관솔,
> 붉은 흉터.
> 가만히 보며는 파상 나이테를 거느린 중심이다.
> 흉터로부터 나이를 먹는구나.
> 우리 모두 起立하여 푸른 숲을 이룬
> 이일송저엉 푸우른 소오른
>
> —「17」〔56〕 전문

에서의 "마룻바닥의 관솔"은 '나'에게 깨달음을 주는 어떤 본보기로서 나타난다. 은유에서는 자연이 바로 '현실'을 대체하지만, 인유에서 자연은 현실에 대한 생각을 자극하는 촉매이다.

인유로서의 자연의 문장 형식은 '자연은 현실이다'가 아니라, '자연이 이러이러한 데 비추어 나의 삶은 어때야 하는가?'라는 질문형이다. 상징적 지시자를 회복하려는 욕망이 '가정된 준(準)—상징체들'에 대한 사색으로 변용되어서 나타난다. 때문에 (4)를 이루는 시편들은 대체로 성찰적이며 그 생각의 흐름을 차분히 전달하기 때문에 음미하기에 좋다. 앞에서 우리는 시편 「145」〔59〕에서 '겨울나무'의 힘의 상실을 보았으나, '인유'의 기능이 핵심적으로 작동하는 다음과 같은 대목은 낭만적 성향을 가진 많은 독자들에게 외우고 싶다는 충동을 불러일으킬 게 틀림없을 정도로 아름답다.

> 木炭畵 가루 희뿌연 겨울나무 숲은
> 聖者의 길을 잠시 보여주며
> 이 길은 없는 길이라고
> 사랑은 이렇게 대책 없는 것이라고
> 다만 서로 버티는 것이라고 말하듯

하지만 그렇다고 해서, 이 성찰의 과정이 상징적 지시자의 부활을 가져다주는 것은 아니다. 이 과정은 오히려 상징적 지시의 본원적인 실패를 더욱 깊이 확인해가는 과정이다. 그 과정의 극단에서

> 이 지구는 미국의 부동산인가?

'스타워즈'

오매 징한 거
뱀도 자세히 보면 아름답다.

주둔군 병사가 빤쓰만 입고 남영동 쪽으로 조깅을 한다.
행인들은 그를 멀뚱멀뚱 쳐다본다.

— 「213」〔64〕 부분

에서처럼 인유의 동맥 자체가 결락되는 사태가 발생한다. 뱀의
"징한" "아름다움"은 "주둔군 병사(의) 빤쓰"에 대한 이해의
촉매로 동원되지만 그 기능을 수행하지 못한다. 그럼으로써 비
유와 실물, 둘 모두가 의미를 품지 못한 채로 그 형상만을 선명
히 드러낸다. "행인들(이) 멀뚱멀뚱 쳐다보"는 가운데 주둔군
병사의 팬티는 도로를 질주하며, 화자의 의식에 출현한 '뱀'은
의미의 샘이 되지 못한 채 화자의 머리 안에 이물질처럼 끼어든
채로 있다. 같은 맥락에서, 바로 직전의 시편 「175-1」〔63〕의
존재태도 흥미롭다. DMZ에서의 '노루'와 '새'를 묘사하고 있는
이 시는 "새는 그물보다 높이높이 난다"는 언술을 통해 현실에
대한 자연의 우위성을 가리키고 있는데, 그런데 원본이 부재한
다. 『나는 너다』에서 대시(-)는 앞 시의 번호를 이어받으면서
그에 대한 대비(긍정에 대한 부정, 혹은 거꾸로)를 표현하는 시
들을 가리킬 때 쓰인다. 그런데 「175-1」 앞에는 「175」가 없다.

「175-1」에서 '자연'은 자신의 초월성을 한껏 과시하고 있지만 그러나 헛발질하고 있는 것이다.

이 과정을 통해 자연의 인유력의 하락은 (5)에 와서, 현실이 거꾸로 자연의 역상징이 되는 사태로 발전한다.

이 사막도 월트 디즈니 씨 소유다.
값싼 '이데아($\iota\delta\grave{\epsilon}\alpha$)' 하나로
純 모래와 純 물만으로 빚은,
홍콩으로 올라가는 기똥찬 계단.
톱니바퀴에서 웃음을 빼내며
교활한 딱따구리가
내 골을 요란하게 쪼아 먹는다.
월트 디즈니 씨는 천진난만하다.
멀쩡한 사람을 쥐새끼性에 가두다니!

　　　　　　　　　　　　　　　—「189」〔70〕 전문

'월트 디즈니' 「일요일 밤의 대행진」이 자연의 권능을 앗아간 현실에서 '자연'은

땅에서 올라온 담쟁이가 실핏줄처럼 번져
꽉 움켜쥐고 있다.
살려다오, 살려다오.

　　　　　　　　　　　　　　　—「59」〔74〕 부분

재앙의 상징으로서만 간신히 존재하거나, 아니면

　내 사타구니에서
　덜렁덜렁 鍾 치는 붉은 鐘樓,
　때가 되었다고
　운다.

　　　　　　　　　—「301」〔90〕 부분

에서처럼 조롱거리로 전락한다. 저 "鍾 치는"을 '종치는'으로 옮
겨보라. 그러면 '鐘'이 품고 있던 엄숙성은 순식간에 증발하고,
욕망으로 성마르게 조바심내는 사타구니의 희극적인 모양만이
소리로 울린다. 시인은 귀향 여행(「233」〔78〕[13]) 을 통해서 자연
의 회복을 위한 최후의 노력을 기울이지만, 다음 시

　눈 받는 어란 항.
　솔섬은 보이지 않는다.
　솔섬은 없다.
　선창에 밧줄을 대고 저만치 떠 있는 빈 木船들,

---

13) 고향으로 가는 길에 어란 항에서 술집 작부를 만난 경험을 적고 있는 이 시는 흥
　미롭게도 「233」〔28〕과 제목이 같다. 그런데 후자의 시는, 감옥에 간 아우를 기
　다리기 위해 혼자서 집을 지키는 어머니를 두고 "어머니는 손수 高麗葬을 원하
　셨다"라고 해석하고 있는 시이다. 자세히 분석할 여유는 없으나 흥미로운 거울
　관계를 보여준다고 생각되어 기록해둔다.

172

흰 상여들.

이 明堂에 묻히고 싶다.

　　　　　　　　　　　　　　　─「234」〔79〕 전문

에서 진술되듯, "솔섬은 없다." 마지막 시행의 "이 明堂에 묻히고 싶다"는 소망은 "흰 상여들"로 비유된 "빈 木船들"을 삐걱거리게 하는 물결 위에서 공허하게 울린다. 고향에 대한 기억도 마찬가지다.

태어나자마자, 나는
부끄러웠다.
깨복쟁이 때 동네 아줌마들이 내 고추를 따먹으면
두 눈을 꽉 닫아버렸다.

　　　　　　　　　　　　　　　─「61」〔87〕 부분

이 시에서 화자는 어린 시절의 부끄러움을 회상하고 있는데, 그 자체로서 읽는 것도 흥미롭지만, 자연으로서의 '고추'가 아무런 상징적 환기력을 가지지 못하고 단순히 '어휘로 기능하는 은유catachrèse'로서 출현한 데에 주목하면 고향 회상의 무기력을 더 잘 이해할 수가 있다. 이제 자연은 스스로에 대한 희롱 속에 갇힌다.

신흥 시가지 좋은 집들 사이사이에,

아, 나는 황토에 뿌리 박은 옥수수나무 몇 그루를 본다.

어디로 갔느냐, 너, 원주민이여?

거기 사람 있으면 소리 지르고 나오시오.

대답 없고

옥수수나무만이 털을 꺼내놓고 毛淫을 한다.

—「18」〔81〕 부분

이제 자연은 상징으로서는 물론이고 인유로서의 능력도 상실해버렸다. 기껏해야 자위의 표상일 뿐이다.[14] (3)의 생각은 (6)에 와서 수치로 바뀌고 (3)의 현실은 잉여로 바뀐다.

나는 아무것도 아니었다. 무인칭이었다. 여러 사람 속에서,

나는 새빨갛게 부끄러웠다.

감옥엘 다녀와도 부끄러웠고,

이후, 나이 들고 시인의 아들딸을 두고

지금까지도 하늘을 우러러 부끄럽다.

살아가는 날들 앞에 두고, 전라도 말로,

무장무장 어렵다.

—「61」〔87〕 부분

---

14) 시 본문의 "毛淫을 한다"는 황지우의 섬세한 언어 감각을 여실히 보여주는 대목이다. 독자는 순간적으로 '手淫'의 오기가 아닌가, 생각하다가 오히려 본문대로의 표현이 더 정확하다는 것을 깨닫게 된다. 옥수수는 손이 없는 것이다.

'나'의 부끄러움은 "나는 아무것도 아니었다"라는 사실에서 기인하고, 또 "무장무장 어렵다"라는 고백으로 이어진다. 전자의 사실은 '나'의 기도가 실패했음을 그대로 가리킨다. 그러나 이 "아무것도 아니었다"가 공허를 유발하지 않고 수치를 낳았으며, 그 수치가 다시 삶의 어려움이라는 인식으로 이어진 것은 '나'가 여전히 할 일을 찾고 있다는 것을 알려준다.

그렇기 때문에 우리는 바로 여기에서 물어야 한다. '나'는 정말 실패했는가? '나'의 실패는 무엇이었던가? 그것은 무엇을 남겼는가?

5. 일상적 타자의 존재태―나는 너인가?

(1)(2)(3)의 과정을 다시 복기해야 할 것이다. '나'는 무엇을 부정하고 무엇을 찾으려 했던가? 현실 극복의 욕망이 환상을 통해서 성취되는 것을 넘어서고자 했다. 그것이 상징적 지시와 현실 묘사 사이의 공모를 부정케 한 기본적인 동인이었다. 그것은 시인이 스스로 성취한 시 세계에 대한 부정이자 시적 저항의 진정한 형식을 찾아가는 모험이었다. 그는 형태 파괴를 형태 구축에 연결시키려 했다. 그것은 그의 서정적 기질이 지속적으로 작용한 결과였으며, 다른 한편으로 긍정/부정을 기본으로 한 복합적 대위법을 낳은 원인이었다. 그런데 그 결과는 시의

비유적 위상이 상징에서 인유로, 인유에서 어휘로 전락해가는 과정으로 나타났다. 마치 계단을 구르듯이 형태 파괴는 점점 더 심한 형태로 확장되었던 것이다. 그리고 황지우 시의 미적 효과는 미의 좌절 위에서 반짝이고 있었다. 그것이 (4)(5)(6)을 통해서 독자가 확인할 수 있는 사태이다.

스스로 그렇게 몰고 와서도 시인은 그 상황을 참지 못했던 것 같다. 그는 갑자기 모든 사태를 되돌려 완미한 서정시집을 완성하려고 한다. 그 극점에 마지막 시 「1」〔96〕이 있다. 그것은 시인의 태생적인 서정적 기질의 끈덕짐을 다시 환기시킨다.[15] 그러나 내가 보기에 이 되돌림은 다급한 봉합에 지나지 않는다. 시의 흐름은 그렇게 되돌려져야 할 것이 아니라, 「289」〔92〕에서 더 전진해야만 했다. 생각하는 인간으로서 우리는 파괴의 연

---

15) 시인의 이 생래적 기질을 잘 보여주고 있는 또 하나의 흥미로운 예가 있다. 「289」〔92〕에서 그는 최초의 상징 지시자였던 '낙타'를 완벽히 부정하는 발언을 하게 된다: "낙타, 넌 질량이 없어, 없어, 넌, 내장이, 넌 기쁨도 괴로움도 없어./낙타, 넌 臨在할 뿐, 不在했어." 이 시구에서 '臨在'는 원본 시집에서 '臨齋'로 오기되어 있었다. 왜 이런 오기가 일어났던가? 나의 짐작으로는 다음 두 가지 이유에 의해서다. 첫째, 이 '임재'를 '부재'와 변별시키고 싶은 충동이, 형태상의 동일성('在')을 피하게 했다는 것이다. 그런데 왜 하필이면 '齋'인가? 그것이 두번째 이유로서, 이것을 이해하려면 「219」〔86〕의 제사에 나오는 "臨濟錄"에 착목해야 한다. 『임제록』은 시인이 즐겨 읽고 참조하는 선(禪) 어록으로서 상징어들의 수정궁과도 같은 책이다. 즉 臨濟錄의 '제(濟)'의 형태와 소리가 영향을 끼쳤던 것이다. 시인의 무의식을 무엇이 지배하고 있는지를 단박에 암시하는 부분이다. 물론 시인의 시적 실천은 무의식의 단순한 반영이 아니라, 무의식에 대한 의식의 투쟁으로 나타나는 것이다. 한마디 덧붙이자면, 이러한 서정적 기질과 형태 파괴의 실천 사이의 갈등은 그의 가족 관계에서 그가 선승이 된 장형과 노동운동가였던 아우 사이를 끊임없이 왕래해왔다는 사실과 연관이 있다는 점을 암시하는 것일 수도 있다.

속에 직면하면 서둘러 건설하고 싶은 충동에 시달리게 마련인데, 그러나 건설은 파괴의 상황이 요구할 때만, 그리고 그것이 요구하는 방식으로만 가능한 것이다. 인간에게 앞으로 살날은 충분히 남아 있다. 이 파괴의 과정 자체가 미학을 보유할 수 있다는 것은 이 시집 자체가 증명한다. 바로 미의 좌절 위에서 반짝이는 미의 효과로서. 그 효과는 결국 옛날의 미가 아닌 새로운 미의 지평을 열어 보일 수 있어야 할 것이다.

때문에 우리는 이 거듭된 추락이 무엇을 남겼는가를 살펴야 한다. 특히 「289」에서. 289는 당시 반포를 지나는 버스 노선 번호였다. 이 버스는 반포를 거쳐 어딘가로 더 가야만 하는 것이다. 과연 "건넌다는 게 뭘까, 그녀는 생각"하고 있지 아니한가? 이 시는 차단의 시인 듯하지만 실은 월경의 시이다. 그런데 어떻게?

독자가 이 시에서 느끼는 가장 특별한 인상은 '그녀'가 출현했다는 것이다. '나는 너다'를 모색하는 시에서 '그녀'라니? 이 인물이 그 전에 나오지 않았던 것은 아니다. 그러나 그 이전에 '그녀'는 "내 애인"이라고 지칭되었다(「214」〔84〕, 「66」〔85〕, 「219」〔86〕). 그때 그녀는 '나'의 '너'이다. 그런데 「289」에서 '그녀'는 완전히 독립된 존재이다. 거기에 '나'가 나오지 않는 게 아니다. 그러나 '나'는 그 시에서 "자기를 치근덕거리며 따라오는, 자기를 김 선생이라고 부르는 그 당돌한 남자" "지겨운 그 남자"로 객관화·혐오시되어 있다. 그러니까 '나'도 3인칭화되어 있는 것이다. 지금까지의 논지에 따라 (7)의 부분을 제거

한다면 '나는 너다'의 결론은 '그(녀)'이다. 이것이 의미하는 바가 무엇인가?

실로 '나는 너다'라는 제목은 아무렇게나 지어진 게 아니다. 시인에게는 나와 너의 동일성에 대한 절실한 갈망이 있었다. 그것은 바로 「겨울-나무로부터 봄-나무에로」의 환상적 해결을 넘어서서 실제적인 저항의 근거를 마련하기 위해서였다. 생각해보라. 「겨울-나무로부터 봄-나무에로」의 '겨울나무'는 순전히 혼자 고생하다가 혼자 열받아 혼자 일어선다. 그것이 하나의 허구에 지나지 않는다는 것을 독자는 이 글의 앞부분에서 거듭 확인했다. 이 허구를 실제로 바꾸려면? 이 질문 앞에서 황지우는 나와 너의 동일화, 즉 저항력의 수량적 증대를 우선 생각했다. 그래서 그는 "살아서, 여럿이, 가자"(「130」〔6〕)라고 호소했던 것이다. 그러니까 이 '나=너'의 등식에서 요청된 '너'는 원천적으로 '나'와 다를 바 없이 무기력하고 비본질적인, 사르트르적인 의미에서의 '수열체'에 지나지 않았다. 즉 그의 '너', 즉 '타자'는 '미지의 존재로서 사유한다'라는 의미로서의 랭보의 '타자성'과도 다르고,[16] '항구히 욕망하는 존재'로서 끊임없이

---

16) " '모든 감각들'의 착란을 통해 미지에 다다르는 게 문제입니다. 고통이 엄청나지만 강해야 합니다. 시인으로 태어나야만 합니다. 나는 내가 시인임을 알아보았습니다. 그것은 내 잘못이 아닙니다. '나는 생각한다'라고 말하는 건 틀린 말이지요. '세상이 나를 사유한다'고 말하는 게 나을 겁니다. 말장난을 용서하세요!/나는 타자입니다J'est un autre"(Arthur Rimbaud, 「조르주 이장바르 Georges Izambard 선생님께 보내는 편지」, Œuvres complètes, Pléiade collection, Paris: Gallimard, 1972, p. 249).

달라지는 존재가 될 운명에 뛰어든 루소적 '타자성'과도 다르다.[17] 그의 타자성은 '타자와 더불어 하나가 된다', 라는 뜻에서의 연대의 타자성이다. 이러한 생각은 낯선 것이 아니다. 오히려 아주 익숙한 것이고 진부한 것이다. 사람들이라면 누구나 생각할 수 있는 것이다. 랭보와 루소의 '다른 사람'이 근본적인 존재가 되고자 하는 희원 속에서 태어나는 반면, 따라서 루소의 경우, 그 '다른 사람'이 '세상의 다른 사람들과는 본질적으로 다른 사람'이라는 의미를 지니기까지 하는 데 비해, 황지우의 '타자'는 바로 세상 속의, 주변의, 이웃의 흔하디흔한 일상적인 타자들에 지나지 않는 것이다.

왜 시인은 이러한 이웃과의 연대에 집중해야만 했던 것일까? 그것은 그가 그 연대에 대해 '우리는 하나다'라고 말하는 대신 '나는 너다'라고 말하는 데에서 단적으로 드러난다. 그는 '우리'의 단일성이 보통 사람들 사이에 존재하는 각종의 불일치를 은폐한다는 것을, 사람들은 저마다 자신의 이웃들에 대해 친화하고 협력하기보다 시기하고 갈등한다는 것을 체험적으로 알아차렸던 것이다. 다시 생각해보자. 「겨울-나무로부터 봄-나무에로」의 단일성은 바로 '우리'를 하나의 존재로 당연시한 데서

---

17) 루소의 다음 발언을 보라. "아, 나는 언제나 다른 사람이 되기를 원한다오. 항상 그녀가 되기를 원하며, 그녀를 사랑하고 그녀로부터 사랑을 받을 수 있도록 말이오."(*Pygmalion*—이용철,「루소의 글쓰기에 나타난 상상적 자아」, 서울대학교 대학원 불어불문학과 박사학위 논문, 1995, p. 8에서 재인용). 루소의 욕망에 대해 폴 드 만Paul de Man은 "그는 욕망이 어떤 만족의 가능성도 제쳐버리는 근본적인 존재양식임을 발견한다"(*Blindness and Insight*, University of Minnesota Press, 1971;1983, p. 17)라고 규정한다.

출발했으며, 또 그 환상 속에서 독자의 호응을 얻었던 것이다. 이러한 단일성의 사전적 전제는 '민중'의 순수성에 대한 막연한 믿음에서 비롯한다. 이에 대한 치열한 논의는 이미 20세기 전반기에 진행된 바가 있다. 그것을 논리적으로 해결했다고 흔히 거론된 사례가 루카치였는데, 잘 아시다시피 루카치는 자본주의 사회에서는 노동자도 '사물화'된다는 점을 인정한 다음 이어서 '실제 의식'과 '가능 의식'을 분리시키는 논리적 곡예를 통해, 가능 의식으로서의 노동자의 의식은 변혁적일 수 있다는 결론을 내렸다. 루카치의 논지가 한국의 수많은 젊은 지식인을 매료시켰다는 사실을 새삼 말할 필요가 없을 것이다. 그러나 실제로 루카치의 이 주장은 노동자 위에 새로운 의식 지도 세력의 존재를 정당화하는 데 기여했다. 왜냐하면 가능 의식을 실제의 노동자들은 알고 있지 못하기 때문이다. 또한 그 주장은 노동자의 단일성이라는 환상을 유포하는 데에도 기여했다. 가능 의식의 수준에서 보면 노동자들의 실제 의식들의 불일치들은 하찮은 것에 지나지 않기 때문이다.

『나는 너다』는 바로 그러한 당대의 환상을, 독자가 이미 보았듯, 그 스스로 그 시적 범례를 제공했던 그 환상을 부인하는 데서 출발한 것이다. 그로부터 출발해 나와 너의 진정한 연대가 가능하기 위해서는 어떤 생각, 어떤 존재 양태가 구성되어야 하는가를 모색하게 된 것이다.

이것이야말로 황지우의 새로움이었다. 그리고 바로 이것 때문에 시인은 근본적인 어려움에 처하게 된 것이다. 실로 일상적 존재로서의 '나'와 '너'의 연대라는 것만큼 어려운 일이 어디에 있는가? 그러나 그 난관을 정면으로 돌파하지 않는다면 진정한 저항과 상생의 세상은 어떻게 올 수 있을 것인가?

라쿠-라바르트와 낭시는 '문화'에 관한 프로이트의 후기 글들을 검토하면서, 프로이트가 '문화' 분석은 정신분석의 연장선상에 있지만 정신분석의 기본적인 전제인 '개인'이 아니라 다른 단위를 핵자로 삼기 때문에 지금까지의 정신분석과는 근본적으로 다른 것이라고 생각했었다는 점을 찾아내고, 그가 생각한 문화의 핵자는 '타자'라는 점을 짚어낸다.

문화의 문제는 프로이트에게 타자의 문제에 다름 아니다. 좀더 진부하게 말하자면, 그것은 타자와의 공존, 평화로운 공존의 문제이다. 그것은 정치의 '[여러 문제 중의] 하나의' 문제도 아니며, 정치 자체의 문제도 아니다. 그것은 바로 '정치적인 것'에 관한 문제이다. 다시 말해, 그로부터 정치가 문젯거리가 되기 시작하는 문제이다.[18]

그들은 이 타자 문제의 분석으로서의 프로이트의 문화 분석 시도를 면밀히 검토하면서, 그의 문화 분석이 매번 실패했었다는 것을 확인하는 한편, 그 실패의 궤적 속에서 프로이트가 점차로 발견한 것이 있는데, 그것은 바로 집단 심리에서는 "사랑

---

18) Philippe Lacoue-Labarthe et Jean-Luc Nancy, *La panique politique—suivi de Le peuple juif ne rêve pas*, Christian Bourgois, 2013, p. 14.

의 철회retrait d'amour"[19]가 핵심적인 관건이며, 이것이 일반적 정신분석과 결정적으로 다른 점이라는 것이다.

　어린 아이 모세는 이제 이집트 나일의 양수(羊水)로부터 나온다. 유대주의의 역사는 곳곳에서 모성, 그리고 막내의 엄마에 대한 특권적 관계의 흔적을 간직하고 있다. 〔……〕 막내는 엄마의 안에 있거나 밖에 있거나 '집착'을 통해서 그녀와 맺어진다. 〔……〕 부성은 계승만을 담당한다. 그것은 집착에 뒤이어 나타난다. 다시 말해 그것은 동시에 '탈-집착'에 이어서 나타나는 것이다. 집착은 매달릴 데가 없는 매달림attache sans attache, 즉 주체도 비주체도 아니고 대중도 개인도 아니라, 상처 입은 나르시스인 자의 기원을 이루는 '결락으로서의 매달림desattachement'이다. 그를 상처 입히는 존재는 바로 엄마이다. 엄마가 그를 쫓아내고 그를 떼어내〔철회시켜〕 그에게 아버지를 보여주고 그에게서 아버지를 빼앗아가는 것이다. 〔……〕 프로이트는 이것이 아버지의 법이라고 말한다. 단 이제부터는 이 말을 다음과 같은 조건하에서 이해해야 한다. 아버지는 명명될 수 없고 표현될 수 없는 엄마의 진실일 뿐이라는 것. 결과적으로 철회되는 사랑의 진실, 즉 언제나 철회되고 있는 도중인 이 표정 '그 자체'인 사랑의 진실, 비관계로서의 관계, 그것이다.[20]

---

19) *ibid.*, p. 53.
20) *ibid.*, pp. 55~57.

'사랑의 철회'는 사랑을 철회하는 것이며 동시에 사랑으로써 철회하는 것이다. 사랑의 행위로서 사랑을 철회하는 것이다. 그것이 어머니에게 집착하는 한 아이를 온전한 독립자로 만들어줄 것이기 때문이다.[21] 그렇다면 우리는 이 '사랑의 철회'를 '리비도의 철회'로 넓혀 해석해야 할 것이다. 즉 타자와의 문제에는 개인 욕망의 핵심인 '존재'와 '소유'의 변증법을 벗어난 다른 존재 방식이 필요하다는 것이다. '너의 그것이 되겠다'는 자동사의 욕망으로서의 존재의 변증법과 '너의 그것을 가지겠다'는 타동사의 욕망으로서의 소유의 변증법을 동시에 벗어나는 것.[22] 그 두 개의 변증법과는 완전히 다른 새로운 변증법의 형식을 찾아내는 것. 시인이 의식적으로 깨닫고 있었는지 모르겠으나 실제로 『나는 너다』가 수행한 것이 바로 그것이었다. 이 리비도의 철회가 (1)(2)(3)에서 욕망의 철회로 나아갔다는 것을 독자는 충분히 알고도 남을 것이다. 그리고 (4)(5)(6)에서 에로스의 철회는 더 심화되어 사랑의 철회로 나아간다. 사랑으로서의 사랑의 철회가 아니라, 사랑의 단절로서의 철회. 그 마지막에 놓인 것이 「289」이다. 이 시가 보여주는 것이야말로 삶의 충동(리비도)에 대한 근본적인 회의이다.

---

21) 그래서 retrait de l'amour가 아니라 retrait d'amour이다.

22) 1980년대는 에리히 프롬의 저서 『소유냐 존재냐』가 두 군데 출판사에서 동시에 번역되어 거대 베스트셀러가 되었던 시기였다. 이 역시 흥미로운 반사 관계를 보여준다.

그녀는 그때야 그녀를 완강하게 가로막고 있는 게 적신호만이 아니었다는 걸 깨닫는다. 이쪽에서 저쪽으로, 그리고 저쪽에서 이쪽으로 사람들이 뛰어서 횡단보도를 건넌다. 흰색의 횡단선을 넘어 정차해 있는 차들 앞을 그녀는 타박타박, 천천히 걸어서 건넜다. 청신호는 벌써 깜박깜박 그것의 短命을 알렸다.

우리를 가로막는 것은 적신호라기보다 차라리 청신호였던 것이다. 그 종류가 무엇이든 삶에 대한 모든 의욕과 의지와 발심과 분발은 오로지 삶을 추문화하고 추락시킬 뿐이다. "이 시대의 기쁨은 오로지 生殖器 근처에 있으며,/이 시대의 사랑은 오로지 癡情"이다. "반포 켄터키 치킨"의 통닭들은 "황금 비늘로 덮인, 억센 발톱[……], 투쟁의 피 흘리는 벼슬을 기념하기 위한 붉은 王冠[……], 새벽의 숲을 일깨우는, 황금 뿔로 된 부리"를 다 잃고, "먹이만 보면 일렬횡대로 꽥꽥 소리 지르며 몰려드는 양계장 폐닭들"로 전락한 것들이다. '289번 버스'는 "신나를 끼었어도 안 탈 사람들을 가득 담고, 불구덩으로 들어가는 진흙 인형"이다. 여기에는 '나―너'가 없다. 단지 그/그녀만이 있을 뿐이다. 이러한 인식은 시 안에서 '속 쓰림'으로 나타난다. '그녀'는 배가 아픈 것이다. 그녀는 그것을 전락한 삶을 사는 자들이 여전히 자기 환상에 젖어 있는 꼴에 대한 "혐오감"이라고 해석하지만, 실은 말 그대로 배가 아픈 것이다. 왜냐하면 『나는 너다』의 모험은 결국 실패하고야 말았기 때문이다. 이 실패를 아직 인정하지 못한 채 '그녀'는 전진한다는 것의 의미를 다시 생각한다. '낙타'를 다시 떠올리는 것이다. 그리고 마침내 생각한다. "너의 염통에는 순수한 의미의 물만 흐르고 있겠"지만, "먼 길을 온 너의 밥통엔 나처럼 모래만 가득하겠구나." '나'의 마음(염통) 속에서 '너'는 충만한 듯이 텅 빈 기의이고, '나'의 실제에서 '나'와 '너'는 추한 잉여들이라는 것이다. 그 생각은 '그녀'를

　　낙타, 넌 질량이 없어, 없어, 넌, 내장이, 넌 기쁨도 괴로움도 없어.
　　낙타, 넌 臨在할 뿐, 不在했어.

라는 환멸 속에 완벽히 가둔다. "魔法에서 풀려날 수 있는 방법은 환멸뿐인가요?"라는 앞 대목의 물음이 허공 속으로 날아가며 그 글자들만을 선명히 공중에 새기는 것이다. 리비도의 철회가 '나'— '너'를 '그/그녀'로 환원시켰다면, 이로부터 새로운 연대가 어떻게 태어날 수 있을 것인가? 프로이트가 실패했듯, 시인도 실패한다. 그 실패를 감당치 못해, 다급히

　　만약 내가 없다면
　　이 강을 나는 건널 수 있으리.
　　나를 없애는 방법,
　　죽기 아니면 사랑하기뿐!
　　사랑하니까

네 앞에서

나는 없다.

작두날 위에 나를 무중력으로 세우는

그 힘.

──「17」〔93〕 부분

이라고 '사랑'을 다시 생의 근거로 내세우지만, 그러나 이미 앞에서 보았듯, 이 결말은 허망하게 들린다. "사랑하니까/네 앞에서 나〔가〕 없다"면, '사랑'도 없는 것이다. 나 없이는. 오히려 진정한 결말은 여전히 「289」 내에 있다. 그녀는 이 실패 앞에서 주저앉지 않는다. "하악의 뼈가 드러나게 이를 악물"고, 전갈좌를 찾아 가겠다는 결심을 결단으로 이끈다.

　　난 전갈좌의 독을 훔쳐 와야 해, 독에서 깨어나는 순간 난 잠들 거야, 그녀는 속으로 부르짖었다.

　전갈좌의 독을 훔친다는 것은 무엇인가? 훔쳐서 무얼 하려고? 그에 대한 대답을 독자는 찾을 수가 없다. 다만 "독에서 깨어나는 순간 나는 잠들 거야"라는 구절은 시인의 무의식의 복잡다단함을 여실히 전달한다. '독을 먹고 잠들 거야'가 아니고 '독에서 깨어나서 잠들 거야'라고 말한 것이다. 이 독은 전갈좌의 독이 맞는가? 전갈좌의 독은 다른 독을 해독하는가? 아니면 전갈좌의 독에서는 어떻게 깨어나는가? 깨어나면 왜 잠드는가?

이 풀릴 길 없는 무의식의 실타래를 시의 마지막 구절,

　낙타야, 나의, 낙타야 어서 온. 나를 태워다오.
　여기서부터 벼랑이야. 일생에 단 한 번만 건너는 것을 허용하
는 강이야.
　희망이 우리를 건너게 할 거야. 希望이.

　나이: 서른하나, 성별: 여자, 직업: 미상, 주소: 미상인 한 '사
람'이 1986년 6월 19일(목요일) 21시, 검은 강으로 들어가고 있
었다.

에 일치시킬 수 있다면, 전갈좌를 향해 가는 '그녀'의 걸음은 죽
음 충동과 도약의 갈망 사이에서 유예되어 있다. 그리고 독자는
시인과 함께 아직 저 '도약'의 실체를 모른다. 그러나 앞에서 우
리는 사랑의 철회가 사랑의 행위임을 읽었다. 그래서 라쿠-라
바르트와 낭시는 "엄마의 표정의 철회〔거둠〕가 죄의식을 낳는
다면, 역설적으로 〔……〕 그것은 어떤 표정을 여전히 요구한
다. 〔……〕 사랑의 표정이 아니라, 사랑이 물러나면서 그리는
사랑의 윤곽의 표정을. 그것이 공황을 철회시킨다"[23]라고 결론
을 내렸던 것이다. 리비도를 철회하는 윤리학이 리비도의 힘으
로 이루어지지 않는 한 우리에게 남는 것은 환멸과 공포뿐이다.

---

23) *ibid.*, pp. 60~61.

그러니 저 '그녀' 안에서, 결코 '그녀'의 3인칭 성을 버리지 않는다는 조건으로, 1인칭과 2인칭의 화응이 태어나는 데까지 가봐야 하는 것이다.

황지우는 거기까지 가지 않았다. 그의 다음 시집 『게 눈 속의 연꽃』(문학과지성사, 1990)이 그에 대한 새로운 모색인지 독자는 분명히 알 수가 없다. 『어느 날 나는 흐린 酒店에 앉아 있을 거다』(문학과지성사, 1998)에 대해서도 확신을 할 수가 없다. 시극 『오월의 신부』(2000)는 분명 『나는 너다』의 문제 틀을 다시 끌고 가고 있는 게 분명하다.[24] 그러나 그 문제의 감옥을 깨뜨릴 다이너마이트를 설치하는 데 성공했는지의 여부는 분명치 않다. 독자는 그 시극의 모든 내용을 재독해야 하리라. 어쨌든 1980년대 후반의 시점에서만 그는 더 갔어야 하지만 가지 못했다. 당장 그것이 나를 안타깝게 한다. 왜냐하면 그것은 1980년대의 좌절을 그대로 지시하기 때문이다. 왜냐하면 황지우가 멈춰 선 이 자리는 1980년대가 가장 멀리까지 나아간 지점이기 때문이다. 이 해설은 바로 그것을 증명하는 데에 바쳐졌다고 해도 틀린 말이 아니다. 물론 그 먼 데까지 간 사람이 황지우만은 아니다. 다른 에움길을 거쳐 몇몇 시인들과 소설가들도 그들의 방식으로 갈 데까지 갔다. 그러나 또한 상당수가 1980년대에서 발목이 접혔다. 갈 데까지 가본 사람들까지도. 그리고 새로운 시대가 들어섰다. 새로운 시대는 '문화적인 것의 팽대'와 함께

---

24) 이에 대해서는 『1980년대의 북극꽃들아, 빨고등을 불어라──내가 사랑한 시인들, 두번째』, 문학과지성사, 2014, pp. 347~58 참조.

몰려왔으나, 그러나 그 문화는 '타자의 문제'를 문제시하지 않는 문화였다. 리비도를 철회시키기는 커녕 리비도가 타나토스까지도 집어삼키는 문화였다. 1980년대의 과제는 항구적으로 유예되었다. 누군가가 그 봉인을 풀어야만 하리라. 1980년대의 문제 틀이 오늘날의 정치적 공황을 해결하기 위해 필수적이라는 것을 깨닫는 사람이 있다면. 『나는 너다』를 이제 첫 페이지부터 다시 읽어야 하는 것은 그 때문이다.

〔2014〕

1975년 출범하여 오늘까지 이어져온 '문학과지성 시인선'이
독자들의 사랑과 문인들의 아낌 속에 한국 현대시의 폴리스Polis
를 이루게 된 사실은 문학과지성사에 내린 지복이기도 하지만
동시에 한국시를 즐겨 읽는 독자들에겐 '상리공생(相利共生)'의
사안이기도 하다. 왜냐하면 한국시의 수준과 다양성을 동시에
측량할 수 있는 박물관의 역할을 이 시인선이 해줄 수 있기 때
문이다. 요컨대 여기는 한국시의 '레이나 소피아Reina Sofia'이
다. 시의 '뮤제오 프라도Museo Prado'가 보이지 않는 게 아쉽
긴 하지만.

그러나 '문학과지성 시인선'이 현대시의 개성들을 다 모아놓
고 있다고 오연히 자부할 수는 없다. 시인선의 편집자들이 한국
어의 자기장 내에서 발화하는 시의 빛점들을 포집하기 위하여

고감도 안테나를 드넓게도 촘촘히도 작동시켰다 하더라도, 유한자 인간의 "앨쓴"(정지용,「바다」) 작업은 빈번히 누락과 착오로 인한 어두운 그늘들을 드리워놓기 십상이기 때문이다. 환상과 우연의 힘들은 완전하고자 하는 의지를 김 빼는 한편, 우리의 울타리 바깥에서도 시의 자치구들이 사방에 산재해 저마다 저의 권역을 넓혀나가고 있다는 사실을 확인케 해 새삼 우리를 겸허한 반성 쪽으로 이끌고 간다.

　모든 생명적 장소가 그러하듯이 시의 구역들 역시 활발한 대사 운동 끝에 팽창과 수축을 거듭하면서 크게 자라기도 하고 소멸되기도 한다. 때로는 구역의 진화와 시의 진화가 심히 어긋나는 때가 있으며, 그중 구역은 사용을 멈추었는데 시는 여전히 생생히 살아 있을 경우야말로 애달픈 인간사 그 자체가 아닐 수 없다. 외로 떨어진 시 덩어리는 우주선과 잡석들이 빗발치는 망망한 말의 우주의 유랑자의 위상에 처하게 되고 갈 곳 모른 채 표류하다가 서서히 소실의 검은 구멍 속으로 빨려 들어가거나 완벽한 정적의 외진 구석에 유폐된 채로 그 자리에서 먼지로 화할 수도 있을 것이다.

　실로 한국 현대시 100년을 경과하면서 역사의 무덤 속으로 들어가기를 거절하고 삶의 현장에 현존하고자 하는 의지를 내뿜는 시뭉치들이 이곳저곳에서 출몰하는 횟수를 늘려가고 있었으니, 특히 20세기 후반기에 출판되었다가 다양한 사연으로 절판되었거나 출판사가 폐문함으로써 독자에게로 가는 통로를 차단당한 시집들의 사정이 그러하여, 이들이 벌겋게 단 얼굴로 불현

듯 우리 앞을 스쳐 지나갈 때마다 우리는 저 시뭉치의 불행과 저들과 생이별하여 마음의 양식을 잃은 우리의 불운을 한꺼번에 안타까워하는 처지에 몰리게 된다.

그리하여 우리는 '문학과지성 시인선' 내부에 작은 여백을 열고 이 독립 행성들을 우리 항성계 안으로 모시고자 한다. 이는 '시인선'의 현 단계의 허전함을 메꾸기 위함이요, 돌연 지구와의 교신망을 상실한 시뭉치에 제2의 터전을 제공하기 위함이요, 독자의 호시심(好詩心)에 모자람이 없도록 하고자 함이니, 이 삼중의 작업을 한꺼번에 이행함으로써 우리는 한국시에 영원히 마르지 않을 생명샘의 가는 한 줄기가 될 수 있기를 소망한다.

이 작업을 통해서 우리는 옛것의 귀환이라는 사건을 때마다 일으킬 터인데, 이 특별한 사건들은 부족을 메꾸는 부정—보충적 행위를 넘어 새로운 시의 미각적 지대, 아니 더 나아가 새로운 정신적 지평을 여는 발견적 행동이 되고야 말리라는 것을 확신하는 바이다. 우리가 특별히 모실 이 시집들의 숨겨진 비밀이 워낙 많다는 뜻을 이 말은 품고 있거니와, 진정 이 시집들은 처음 세상에 모습을 드러내었던 당시 독자를 충격했던 새로움을 보존할 뿐만 아니라 같은 강도의 미지의 새 새로움의 애채를 옛 새로움의 나무 위에 돋아나게 해줄 것이 틀림없다. 그리하여 독자는 시오랑E. M. Cioran이 언젠가 말했듯 "회상과 예감réminiscence et pressentiment이 반대 방향으로 멀어지기는커녕, 하나로 합류하는"(「생─종 페르스Saint-John Perse」, 『예찬 실습Exercises d'admiration』 in 〈저작집Œuvres〉, Pleiade/Gallimard, 2011)

희귀한 체험을 생생히 누리리라 짐작하거니와, 이 말의 주인이 그 체험의 발생주체로 예거한 시인을 가리켜 "모든 시간대에서 동시대인으로 존재하는 사람un contemporain intemporel"이라고 말했던 것과 마찬가지로, 이 체험의 신비함이야말로 모든 시간대에서 최고의 신선도로 독자를 흥분케 할 것이다.

그렇긴 하지만 우리는 이 재생의 사건들을 특별히 꾸미는 별도의 총서는 자제하였다. 그보단 우리의 익숙한 도시인 '문학과 지성 시인선' 안에 포함시키고자 하는데, 우리의 '시인선' 자체가 늘 그런 신비한 체험을 독자들에게 제공해주기를 기대하기 때문이다. 다만 아주 시치미를 떼어서 독자를 정보의 결핍 속에 방치하는 우를 범할 수는 없는 연유로, 처음부터 시작하는 번호에 기호 R을 멜빵처럼 감쳐서, 돌아온 시집임을 표지하고자 한다. R은 직접적으로는 복간reissue의 뜻을 가리키겠지만 방금의 진술에 기대면 이 귀환은 곧 신생과 다름이 없어서, 반복répétition이 곧 부활résurrection이라는 뜻을 함축할 뿐 아니라 더 과감히 반복만이 부활을 가능케 한다는 주장까지 포함할 수 있을 것인데, 그 주장이 우리 일상의 천편일률적이고 지루하고 데데한 반복을 돌연 최초의 생의 거듭남으로 변신시키는 마법의 수행을 독자들에게 부추길 것을 어림한다면, 그것은 아무리 되풀이 강조되어도 지나치지 않을 것이다. 더욱이나 어느 현대 시인은 "R이 없어서, 죽음은 말 속에서 숨 막혀 죽는다 *Privé d'R, la mort meurt d'asphyxie dans le mot*"(에드몽 자베스Edmond Jabès, 『엘, 혹은 최후의 책*El, ou le dernière livre*』,

1973)는 촌철로 언어의 생살을 도려내었으니, R을 통해서만 언어는 존재의 장식이기를 그치고 죽음조차 삶의 운동으로 되살리는 것이다.

그러니 '문학과지성 시인선'의 새로운 R의 행렬 속에서 우리가 독자들에게 바라는 것은 이 한 글자의 연장이 무엇이든 그 안에 숨어 있는 한결같은 동작은 저 시인이 암시하듯 숨통 터주는 일임을 상기해달라는 것이다. 이 혀를 안으로 마는 짧은 호흡은 곧이어 제 글자의 줄이 초롱처럼 매달고 있는 시집으로 이 목을 돌리게 해, 낱낱의 꽃잎처럼 하늘거리는 쪽들을 흔들어 즐겁고도 신기한 언어의 화성이 울리는 광경을 마침내 목격하고 청취하는 데까지 당신을 이끌고 갈 수 있을 터이니, 그때쯤이면 이 되살아난 시집의 고유한 개성적 울림이 시집에 본래 내재된 에너지의 분출이면서 동시에 그것을 그렇게 수용하고자 한 독자 자신의 역동적 상상력의 작동임을 제 몸의 체험으로 느끼게 되리라.

㈜문학과지성사